華月美蘭《はなつきみらん》
修二の許嫁である人気者の陽キャギャル。
幼少時のとある出来事をきっかけにして、
ずっと修二へ想いを寄せていた。
許嫁の話を進めたのも美蘭の希望によるもの。
浴衣、どうかな……？

修ー、えいっ！
水しぶきが不意に顔に飛んできた。
海水のしょっぱさを感じながら振り返ると、
犯人は許嫁のギャルだった。

花子《はなこ》
美蘭のギャル友。
修二と美蘭、２人の恋を応援中。
阿月《あづき》
美蘭のギャル友。
修二に恋の後押しをすることも……？

お帰りなさいませ、ご主人様♥
♥
メイド喫茶風に装飾した教室の中。
メイド服を着た許嫁のギャルが
俺にとびきりスマイルで挨拶してきた。

ある日突然、ギャルの許嫁ができた 2

泉谷一樹

OVERLAP

CONTENTS

ONE DAY, OU

STORY

自他ともに認める陰キャ男子永沢修二。

彼はある日、両親より

「実はな、お前には許嫁がいるんだ……」と告げられる。

しかもその相手は、何かと修二に構おうとする

クラスのギャル・華月美蘭だった。

最初は戸惑いを隠せなかった修二だが、

美蘭とともに日々を過ごすうち

次第に彼女へ惹かれていく。

そして修二は、美蘭に

ふさわしい存在になれるようにと

小さな一歩を踏み出し始め……？

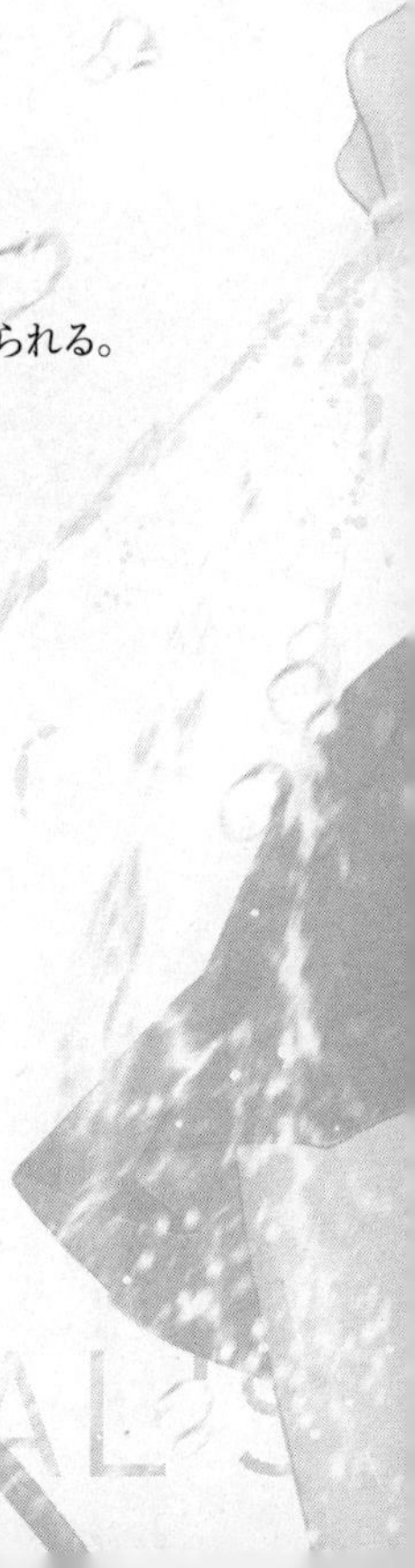

イラスト　なかむら
キャラクター原案・漫画　まめぇ

I GOT A GAL'S

プロローグ

昔から夏という季節が嫌いだった。


太陽は眩《まぶ》しくて暑いし。

セミはうるさいし。

日焼けは痛いし。

人混みのできる騒がしいイベントは多いし。

陰キャの俺にとっての苦手なものがたくさん詰まっている季節——それが夏だった。夏を人間にしたら、絶対に陽キャだと思う。

ただ、どんな人間にでも一つは長所と魅力があるように、嫌いな夏にも好きだと思えるモノが一つあった。

それは——夏休み。

面倒臭い学校を合法的に長期間休めるイベント。これだけは最高だ。
そんな夏休みの過ごし方は、俺の中で昔から決まっている。
もちろん、外に出かけたりなんてしない。
クーラーの効いた部屋でゲームやアニメを観《み》て、ひたすらだらだらと過ごす！
それが陰キャオブ陰キャである俺の鉄板不動・夏の過ごし方——だったのだが……。

＊＊

波の音——。
磯《いそ》の香り——。
「暑い……」
俺は今、全身に太陽からの直射日光を浴びていた。
ここは海水浴場。
目の前には真っ青な晴天と、海と、派手な水着を着た陽キャの人混みが広がっていた。

波の音に負けないぐらいの賑《にぎ》やかな声が辺りにいっぱいに響いていて、陰キャの俺はつられてテンションが上がる……なんていうことはなく、気圧《けお》されてしまう。

「陽キャ成分が凄《すご》い……」

まさにここは陽キャスポット。

我ながら場違いなところに来てしまった……！

今の俺の格好は、シンプルな海パン一丁というなんの洒落《しやれ》っ気《け》も防御力もない姿なので、心細く感じてしまう。

干上がったアスファルトの上でのたうち回るミミズの気分でふらふらしていると、後ろから俺を呼ぶ声が聞こえた。

「修二《しゆうじ》～！」

夏の空のように清涼感のある声に振り返ると、明るい髪色の陽キャギャルが俺に駆け寄ってくるところだった。

「――――！」

息を弾ませ笑顔を向けてくるギャルに、俺は暑さを忘れて目を奪われてしまう。

まるで一流の芸術品。

キラキラと揺れるセミロングの髪も、綺麗《きれい》で可愛《かわい》い整った容姿も普段から見ているはずなのに魅力的でハッとしてしまう。

　それに加えて、ギャルの身にまとっている服装だ。

　裾を縛った白いTシャツを着ているが、その下は水着で――腹部や太もも――普段お目にかかれない艶っぽい白い肌が露《あら》わになっており、俺の心臓は爆発するかのように跳ね回る。

　俺の美的感覚は間違っていないようで、周りの視線はギャルに集まっていた。

「お待たせー！」

「う、うん……！」

　目前に迫った美人ギャルに、俺は視線をさまよわせてしまう。

　露出の多い今の姿を直視していいものか非常に迷った。

　上にTシャツを着ているし、そもそも水着なので見ていいと思うのだけれど……そのTシャツから透けて見える水着はなんとなく下着のように思えてしまって、俺の陰キャメンタルは激しく動揺してしまう。

　一度間近でギャルを見てしまうと、それからずっとガン見し続けてしまいそうな気がして――とりあえず俺は最終的に空を見上げた。

「どうしたの？」

「いやその……空が青いと思って……！」

　我ながら何を言ってるんだ……！

自分の奇行っぷりに内心ツッコむが、目の前のギャルはにこやかに笑って同調してくれた。

「そうだね！　晴れてよかったね！」

それから少しの間、一緒に空を見上げる。

とりあえず一呼吸置くことはできたが、この後どこを見たらいいのか、何を言えばいいのかわからない！

その場繫《ば》ぎ《つな》で次は海に話題と視線を向けようとした時、ギャルが少し照れ気味に訊《たず》ねてきた。

「ねぇねぇ、どうかな？」

主語のない問いかけ。陰キャの道を極めている俺でも、今の格好の感想を訊《き》かれていることはさすがにわかり――。

俺はTシャツ水着姿のギャルを見つめる。

頭には瞬時に数多《あまた》の褒め称《たた》える言葉が浮かぶが、

「す、凄《すご》くイイと思う……！」

目の前の刺激が強すぎて、結局一番語彙力の低い感想しか口から出せなかった。

「よかったー！　嬉《うれ》しい！」

そんな低レベルな感想でも目の前のギャルは満面の笑みで喜んでくれて、嬉しい反面申し訳ない気持ちも湧き上がった。

「修二も水着姿、似合ってるよ！」

「そ、そうかな……！　ありる、あり、ありがとう……！」

しっかりしろ俺！

と思うが、目の前のTシャツ水着ギャルの刺激と、海の陽キャ成分のダブルパンチで俺の頭はのぼせ上がって挙動不審になってしまう。

「修二の反応、ウケるｗ」

くすくすと笑うギャルは、俺の手を取ると引っ張ってきた。

「早く一緒に泳ごうー！　花子《はなこ》も阿月《あづき》も向こうにいるよ！」

「う、うん、そうだね……！　みらん……！」

手を引かれて賑やかな砂浜を一緒に駆ける。

一人では踏み込むことができなかった場所も、この子のお陰で進むことができた。

今更だが、俺の手を引くギャルの名前は、華月美蘭《はなつきみらん》。

高校のクラスメイトで――。

そして、俺の許嫁《いいなずけ》だった。

陰キャオタクの俺は、この陽キャギャルの許嫁に連れられ、今回、この陽キャスポットに来たのだった。

梅雨もすっかり終え、暑さがヒートアップしてきた七月の中頃。

「早く夏休みにならねぇかなー」

「夏のライブが今から楽しみだわ」

「オレはバイトの許可貰《もら》ったから金稼ぎまくるわ」

期末テストも終了し夏休みが目前に迫ったことで、クラスメイトたちは浮かれまくっていた。

高校二年生で、まだ受験も遠くにあるので耳に入ってくるのは遊びの話題がほとんど。

休み時間は寝たふりをするのが習慣である陰キャの俺も、机に突っ伏しながら内心で浮かれていた。

なぜなら、期末テストの結果がよくて、小遣いが上がったからだ。

「………………」

今までテストは、可もなく不可もなく適当にやってきた。

しかし今回の期末テストは、みらんに誘われて図書室やカフェで一緒に勉強したのだ。

ギャルは勉強できないという思い込みがあったけど、みらんは俺よりも十倍勉強ができることを知って驚いたことがまだ新しい。

みらんのギャル友である花子さんと阿月さんも途中で勉強会に交じり、教えたり教えられたりしながらわいわい勉強していたら、今まで取ったことがない高得点を取ることができてしまった。

「夏休み……どうしようかな……」

小遣いが増えたことで、夏休みにできる選択肢がかなり増えた。

新しいゲームを買ってやり込むのもいいし……。

みらんと洒落たデートをすることもできるし……。

などと夏の予定をふわふわ夢想していると、何やらテンションが急上昇しているみらんとギャル友たちの声が耳に入ってきた。

「夏休み、旅行いいじゃん！」

「いいね！　海が近いところとかいいかも！」

「最高じゃん！　お祭りとかも行きたい！」

な、なるほど……。

みらんたちは、夏休みは旅行に行くのか。さすが陽キャだ。

高校生が家族以外と旅行なんてちょっと心配ではあるけれど……まあ、みらんはしっかりしているし、ギャル友たちとなら安心かな……。

なんて見守るような気持ちで考えていると、不意にツンツンと肩を突かれた。

「ねぇねぇ、修二は行くならどこがいい？」

「……え!? 俺？」

思わぬ問いかけに言葉を理解するのが遅れる。

顔を上げると、肩を突いてきた許嫁のギャルが満面の笑みを浮かべていた。

「行くって……どこに？」

「さっきの話の通り、旅行だよ！」

聞き耳を立てていたのは許嫁にはバレていたらしい。

「お、俺も旅行のメンバーに入ってたの!?」

「当たり前じゃん！」

「当たり前なの!?」

ギャルたちの旅行に、許嫁とはいえ陰キャの俺が付いていくのはさすがによくないんじゃない!?

と、ギャル友たちの様子を窺《うかが》う。

しかし、花子さんと阿月さんから「え、まさか来ないの？」「もちろん来るでしょ？」という言葉が飛んできた。

「いやでも男の俺が交じるは……さすがに」

遠慮がちに阿月さんと花子さんに言う。ちなみに最近まで二人には敬語で話していたけれど、期末テストの勉強会の時に「敬語とかウザったいから」とタメ語で話すように強制された。

みらん経由で仲良くなったとはいえ、男子を交えて旅行に行くのは体裁的になんだか問題がある気がする。確か、花子さんには彼氏がいるとか聞いたことあるし……。

なんて考えていると、思考が伝わったのか花子さんが平然と言ってきた。

「うちはこの前、彼氏と別れたから大丈夫よ」

「そ、それは……」

まるで天気の話をするように軽く言うので、リアクションに戸惑ってしまう。

お悔み申し上げます？　ご愁傷さまです？　この場合なんて言えばいいのかわからず言葉に詰まっていると、阿月さんが何でもないように俺に言ってきた。

「花子のは、いつものことだから気にしなくていいよ。今回はまあ長く続いた方じゃない？」

「そ、そう、なんだ……？」

付き合ったり、別れたりするのがいつものこと……。

恋愛に疎かった陰キャの俺には、ギャルたちの恋愛観が遠く感じる。

ただ、当の本人と阿月さんは平然としているが、みらんは少し憂いた表情浮かべていて……。少なくともみらんは俺の感覚に近いことがわかって安心した。

話を戻すように阿月さんと花子さんが言ってきた。

「やっぱ遠出する時、男子一人いると、いろいろと楽なんだよねー。みらんの彼ピならいろんな意味で安心だしw」「そうそう、超安心だからねw　旅行来なよ」

どんな意味で安心なんだ……？

「りょ、旅行……旅行か……」

けらけら笑う二人に対しての追及はとりあえず置いておいて――。

返答に窮してしまう。

いや別に、みらんたちと旅行に行きたくないわけではない。

けれど……家族以外と旅行なんてしたことがないので戸惑ってしまう。少なくとも陰キャメンタル的にここで即答できる内容ではなかった。

「ちょっと、みらんの彼ピ」

そんな俺に花子さんが近づいてくると、ニヤッと笑って小声で耳打ちしてきた。

「旅行先でみらんの水着姿が見れるかもよ？　見たくないの？」

「み、水着……!?」

みらんの水着姿……。

水泳の授業で学校指定の水着姿は見たことはあるが、プライベートの水着姿はもちろん見たことがない。

言葉の衝撃と誘惑に脳が揺れる俺に、今度は阿月さんが花子さんと目配せしてから耳打ちしてきた。

「みらんの浴衣姿も見れるかもよ？」

「浴衣……!?」

みらんの浴衣姿……。

もちろんそんなレアな姿、まだ見たことがないわけで——。

許嫁の水着姿と、浴衣姿を頭に思い浮かべようとするが……陰キャオタクの俺には三次元での経験値がなさすぎて、どっちもイメージできなかった！

「小声でなんの話してるの？」

首を傾《かし》げるみらんに、花子さんと阿月さんは「旅行の魅力をちょっとね」と言って離れてから、俺にニヤニヤとした笑みを向けてきた。

「みらんの彼ピ、かなり旅行に行きたくなったんじゃない？」「かなり心が揺れてるんじゃない？」

　ギャル友二人の言葉を受けて、みらんはもう一度俺に訊《たず》ねてきた。

「修二《しゅうじ》、旅行どうかな？　でも……嫌だったら無理しなくていいからね」

　わくわくと遠慮の交じった表情で俺を見てくるみらん。

「俺は……――」

　そのみらんを見つめ返す俺は、親指を立てて言った。

「旅行、行くよ……！」

「ホント!?　嬉《うれ》しい！」

　喜ぶみらんの背後で、ニヤニヤと笑うギャル友二人。

　いや別にみらんの水着姿が見たいとか、浴衣姿が見たいとか、そんな下心だけで決めたわけじゃないよ！　やっぱり、高校生の女子たちだけでは危ないし、たまには遠くに行くのも良いかなって思って利害が一致しただけだし――。

　なんて言い訳の念を送るが、ギャル友たちからさらに笑われるだけだった。

「修二は行きたいところとかある？」

　最初にされた質問に戻ったわけだが……万年インドアな俺がすぐに候補を挙げられるわけもなく。

「そうだね……俺は三人の行きたいところに合わせるよ……！」

という丸投げしかできなかった。

それからギャル三人は旅行の話でさらに盛り上がり——。

海の近くで行われる夏祭りを探して、そこに旅行で行くのはどうか？

という欲張りセットのような話にまとまってきていた。

泊まる日数や、旅館にするかホテルにするか、などの話で浮かれるギャル三人に、俺は重要なことを思い出して訊ねた。

「そういえば今更だけど……みんなの親は泊りの旅行とか許してくれるのかな？」

高校生だけで泊まり掛けの旅行なんて、やっぱり危ないし、親に反対される可能性は大いにある。女子なんて特に厳しい気がする。

「んーうちの親は大丈夫だと思うけどなぁ」「アタシも大丈夫だと思うけど」

と曖昧に返事する花子《はなこ》さんと阿月《あづき》さん。

追随するようにみらんも頷《うなず》いていた。

「あたしも大丈夫だと思うよ」

「まあ……でも一度みんな確認しておいた方が良いんじゃないかな……？　その方が安心

だし」

親からの許可が出なければ元も子もないわけで。

とりあえず俺の提案で、旅行の細かい話は親から許可が取れてからすることになった。

「俺の親はどうだろうな……」

旅行に賛成してくれるだろうか？

休みの日は家にずっといる俺が女子たちと旅行に行くなんて言ったら、案外、驚いて反対されるかもしれないな……。

なんて思っていた時期が俺にもありました。

＊＊

「旅行、いいじゃないか！　行ってきなさい！」

旅行の話を親に切り出した瞬間の返答がこれである。

父さんは二つ返事で頷いていて、母さんなんかは感極まっていた。

「あの修二が友達同士で旅行なんて……！　母さん嬉しいわ」

いやまあ……今までの経験からこうなる可能性が高いと思っていたよ。やっぱ経験は嘘《うそ》を吐《つ》かないね。

「本当に……夏休みに旅行へ行っていいの？」

「「いいよ！」」

息ぴったりの返答をありがとう。

ということで無事に旅行の了承を取ることができたわけだが……。

ただ、あまりにも両親に躊躇《ためら》いがなさすぎて、逆に俺は不安になった。

「いやでも、よく考えてくれよ。高校生だけで旅行だよ？　心配じゃない？」

「まぁ……修二だけなら不安だが、みらんちゃんが付いているなら大丈夫じゃないか？」

安心した表情を浮かべる父さんと同調するように母さんも「みらんちゃんがいるなら安心だわ」と当然のように頷いていた。

なんか、俺よりみらんの方が信頼があるみたいだ。

「いやでもさ、俺以外、女子だよ？　何か思うことはないの？」

懸念を口にする俺に、母さんはくすくすと笑った。

「修二はヘタレだし、何も思うことはないわ。女子が何人いても全く不安に思わないわ」

「なんか一言余計な言葉交じってない？」

貶《けな》されているのか、信頼されているのか……。

あまり意識したことがない男のプライドにダメージを受けていると、父さんが咳払《せきばら》いをして言った。

「それより修二、女の子たちを守ってあげるんだぞ」

「それは……うん……」

男は俺一人だけ。ギャルたちに旅行に誘われた理由の中に、その意味合いも入っていると思うし。まあ、陰キャの俺がその役割を全うできるか謎ではあるけど……。

不安に思いながら頷く俺に、母さんが訊ねてきた。

「浮かない顔してるけど、修二は、みらんちゃんたちと旅行に行きたくないの？」

「いや、そういうわけじゃないけど……」

クラスメイトと旅行に行くなんて人生で初めてで――。

しかもメンツは、許嫁《いいなずけ》と女子二人である。

あまりにも未知数すぎて、なんだか考えれば考えるほど旅行への不安が大きくなっていた。

「まあ、気負いすぎず楽しんできなさいな」

「う、うん……」

頷く俺に、母さんが優しく言ってきた。

「旅行の軍資金が必要だったら言いなさいね」

「え、いいの⁉」

前のめりになる俺に、母さんは父さんと顔を見合わせてにっこりと笑って言った。

「小遣いの前払いをしてあげるから」

「くっ……！」

やはりそんな美味《おい》しい話はないか。

というか、旅行ってどれぐらいお金がかかるんだろう……。

「………」

行く先とか泊まるところにもよるけれど……小遣いが上がったことで生まれた夏休みの選択肢は、この旅行でほぼ消えてしまいそうだ。

なんか違う意味で気が重くなった。

それでも、みらんたちと旅行に行くことに関しては、楽しみに思っている心もあって——。

不安と浮かれが交じった状態で俺はしばらく過ごすことになった。

＊＊

みらんたちも親から無事に了承を貰《もら》えたようで夏休みに旅行へ行くことが確定した。

旅行の日程や細かい内容についてはREINグループを作成し、その中でやり取りして決めることになり――。

俺は基本的にはギャルたちのやりたいことに合わせて任せる方針で、必要があれば、情報を調べて共有する役目だ。

ただ唯一要望したことと言えば、高校生らしいリーズナブルな値段で旅行できたらいいなぁ！　ということだけである。

夏休みが始まる前に予定が決まればいいな……。

と悠長に構えていた俺だったが。

「決まるの早いっ……！」

風呂上がりにREINグループの通知数の多さを見て驚愕《きょうがく》する。

さすが陽キャたちというべきか。

俺ならば一つのことを決めるだけでもあれこれ迷って時間をかけてしまうが、ギャルたちはノリと勢いでさくさくと行先や日取りや宿泊先を決めていき、グループを作成したその日のうちに旅行の予定がほぼ決まっていた。

「一泊二日……」

最初に盛り上がっていた通り、大きな夏祭りが行われる日に合わせて、海の近い旅館に泊まることになったみたいだ。

「海に、祭りか……！」

行った当日に海で遊んで、次の日に夏祭りを楽しむというパワフルな内容だった。祭りの会場の近くで浴衣のレンタルがあるそうで、それにも予約したというギャルたちのアグレッシブぶりについ笑ってしまう。

「値段は……」

旅館などの予約は阿月さんがしてくれるみたいで、一人当たりの値段を教えてくれている。

「よかった……」

その額を見て少しホッとする。

自分の要望通りリーズナブルに抑えてくれていた。

場所は電車で行くが、そこまで遠いわけではないので、なんとか小遣いを一か月前借りするだけで済みそうだ……！

「しかし……俺はこのメニューをこなせるんだろうか……」

旅行というだけでも大概だが、それに加えて海と祭りというアウトドアすぎる内容に、根っこからのインドアな俺がどこまで付いていけるか今から不安に思う。

それでも――。

「みらんの水着と、浴衣姿か……」

花子さんと阿月さんの言葉がふと脳裏によみがえる。

許嫁のレアな姿と接することができると考えると、不安に負けないぐらい楽しみに思える自分がいた。

＊＊

本格的に暑さが増した七月下旬――。

ついに夏休みに突入した。

いつもだったらその日から、家でのぐーたら生活が始まるのだが――今年は違う。

大きな予定が入っている夏休みなんて今までなかったので、旅行までまだまだ日があるのに初日からそわそわだった。

「荷物はこれでいいんだろうか……？」

旅行の準備はもう終わらせているのだけれど、気が付くと心配になって何度も確認してしまう。

「やっぱり、何かで遭難した時のために方位磁石とかいるかな……外国人に話しかけられた時のために、英語の辞書も念のために持っていっておくか……いやさすがに荷物多すぎるかな……」

確認するたびに増えていく荷物に頭を悩ませている時だった。

スマホが鳴り、慌てて手に取る。みらんからＲＥＩＮが届いていた。

「なんだろう？」

ＲＥＩＮを開いた俺は、それから数瞬後に画面に映し出されたモノを見て、

「な――なななななんだこれはっ⁉」

雷に打たれたような衝撃を受けた！

みらんから送られてきたＲＥＩＮには――。

『新しい水着買ったんだけど、どうかな？』

というメッセージと一緒に、写真が貼られていた。

それは、試着室のカーテンから恥ずかしそうに顔を覗《のぞ》かせたみらんの写真で――。

「水着――!?」

カーテンで隠されてはいるがメッセージの通り水着姿らしく、肌と水着がわずかに垣間《かいま》見《み》える。

惜しむらくは全貌がちゃんと写っていないことだろうか……！

しかしこれはこれで――。

「か……可愛《かわい》すぎる……！」

顔が熱くなるのを感じる。

ずっと鑑賞していたい欲に駆られるが、俺はハッと我に返った。

「そ、そうだ、感想を送らないと……！」

しかし、女子の水着姿の感想なんて今まで送ったことがないので、なんて送ればいいかわからない……！

短い感想はまず論外として、褒めるにしてもストレートな表現じゃ物足りない気がするし！　難しい……！

「えっと……えっと――」

でも早く送らないと……！

俺は今まで経験を駆使して、思い付く言葉を急いで入力して送信した。

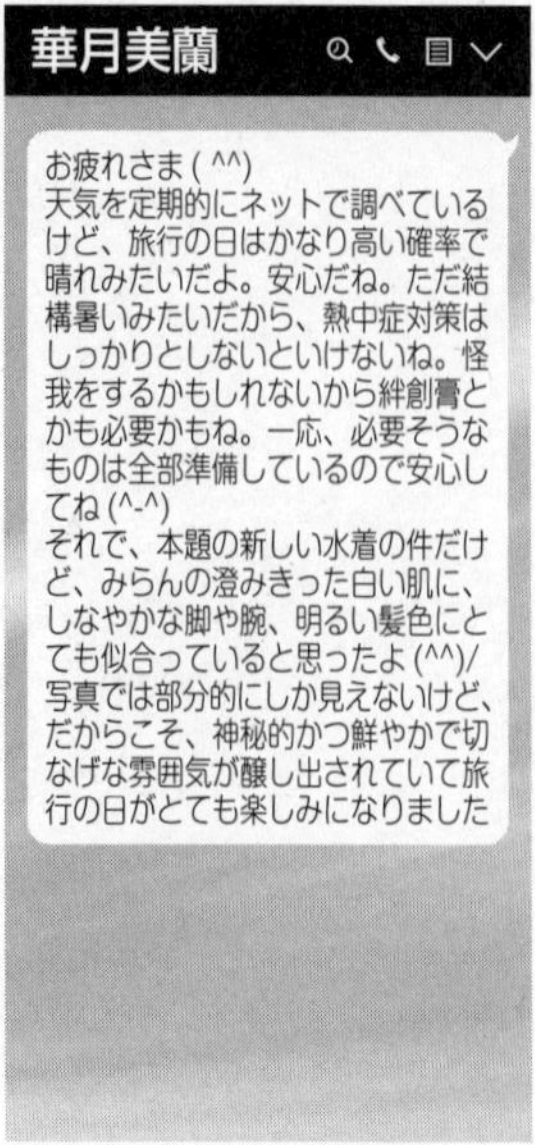
華月美蘭
お疲れさま (^^)
天気を定期的にネットで調べているけど、旅行の日はかなり高い確率で晴れみたいだよ。安心だね。ただ結構暑いみたいだから、熱中症対策はしっかりとしないといけないね。怪我をするかもしれないから絆創膏とかも必要かもね。一応、必要そうなものは全部準備しているので安心してね (^-^)
それで、本題の新しい水着の件だけど、みらんの澄みきった白い肌に、しなやかな脚や腕、明るい髪色にとても似合っていると思ったよ (^^)/
写真では部分的にしか見えないけど、だからこそ、神秘的かつ鮮やかで切なげな雰囲気が醸し出されていて旅行の日がとても楽しみになりました

写真のみらんは照れた顔をしているので、メッセージとしてはさりげなさを装いつつ、誠意ある感想を送ったつもりだが……伝わっただろうか。

「もっと感想書いた方がよかったかな……？　でも多く書きすぎてもよくないしな」

なんてメッセージを読み返しつつ、みらんの写真をもう一度眺めていると——。

「あれ？」

写真が消えたかと思えば、送信取り消しの表示。

首を傾《かし》げていると、みらんから慌てた様子のメッセージがぽんぽんと送られてきた。

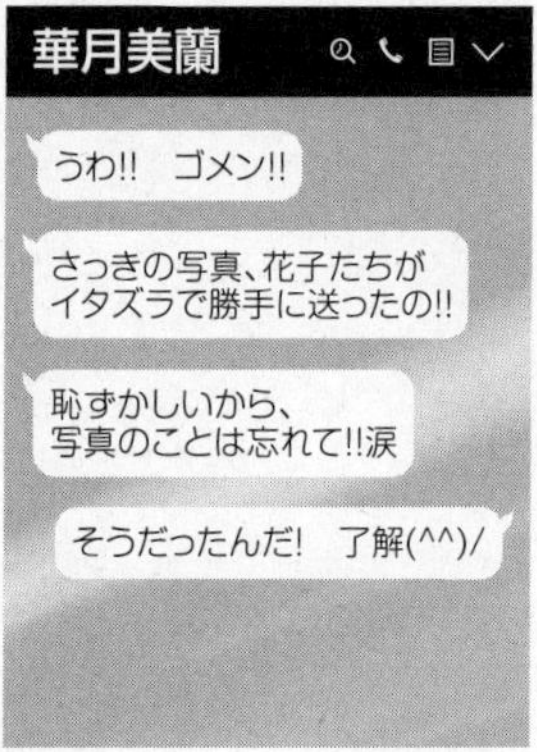

そう送ったものの俺の脳内メモリーに衝撃と共に焼き付いてしまったので、忘れることはできそうにない。

「ギャル友たち、ありがとう」

端末のリアルメモリーに保存しなかったことが少し悔やまれるが、ギャル友たちに感謝の念を送った。

俺の感想も消した方がいいかな……？

と、考えていると、みらんから追加でメッセージが送られてきた。

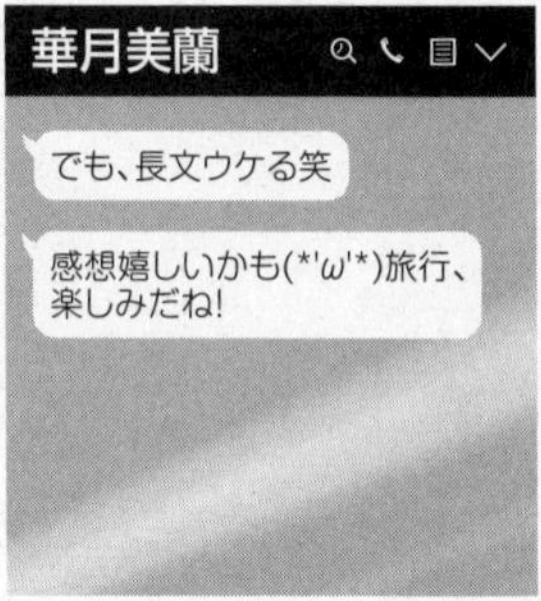
華月美蘭
でも、長文ウケる笑
感想嬉しいかも(*'ω'*)旅行、楽しみだね!

メッセージを眺める俺の中で、旅行へのわくわく度が増した。
みらんにメッセージを返した俺は、改めて念入りに旅行の準備を繰り返していく。
そうして、旅行の日は迫り――。

＊＊

旅行当日の早朝——すでに俺はグロッキーだった。

理由は単純明快。

興奮と緊張であまり寝られなかったのだ。

これで海とかお祭りとかのアウトドアイベントをやっていけるか今から不安で仕方なかった。

「気を付けるんだぞ」

「みらんちゃんたちによろしくねー！」

両親に見送られ、大きめの鞄《かばん》を持って家を出る。

「うん、行ってきます……！」

すでに日差しの強い外を歩く俺は、持っている鞄の軽さに少し不安に思ってしまう。

準備しまくった旅行の荷物は、前日に母さんからダメ出しを喰《く》らって、だいぶスマートになっていた。

「まだ、誰もいないよな……」

集合場所の駅前に着くが、時間にだいぶ余裕を持って来たのでギャルたちはまだ誰もいなかった。

少し心を落ち着かせよう……。

目印になりそうな像の近くで、日陰を探していると聞き慣れた明るい声が飛んできた。

「修二《しゅうじ》、おはよう！」

振り返った俺は、走り寄ってくる許嫁《いいなずけ》の女の子を見て目が覚める気持ちになった。

外行きの格好のオシャレさには慣れているつもりだったけれど、今日は太陽に光に照らされてより輝いて綺麗《きれい》に見えた。

ハッと我に返る俺は今更ながら身だしなみを確認して手を振った。

「おはよう……！　みらん、早いね」

「ドキドキしちゃって早く起きちゃった。修二も早いね！」

「俺も早く起きちゃったんだ」

早く起きたというか、あまり寝られなかったの方が正しいけれど……。

「楽しみだねー！」

「そ、そうだね……！」

屈託のない笑みを浮かべるみらんに、俺も頷《うなず》く。

不安や緊張はあるが、楽しみなのは事実で、今からそわそわしてしまう。

それから二人で旅館から直接海に行ける話や、夏祭りの打ち上げ花火の話など雑談して待っていると、時間丁度に花子《はなこ》さんと阿月《あづき》さんの二人もやってきた。

「おはよ〜」「荷物多くて遅れるかと思った〜」

ギャル友二人の私服姿もなかなかに決まっていて、俺だけ浮かないか不安になった。

いや、そもそもギャル三人の中で浮かないなんて無理なわけで、とりあえず俺の存在が三人の邪魔にならないようにしようと内心で気を引き締めた。

「阿月、荷物持って来すぎ」

呆《あき》れたように言う花子さんに、みらんもくすくすと笑っている。

阿月さんは俺が当初準備していた荷物と同じぐらいの量を持ってきていた。

なんだかシンパシーを感じる俺は、おずおずと申し出た。

「荷物、持つよ……？　俺、全然持ってきてないし」

「マジで！　ありがとう、みらんの彼ピ！」

やっぱこれぐらい荷物の準備があると安心するよな……！

荷物の重みに安心感を抱きつつ――無事に集合した俺たちは、それから電車に乗って移動を開始した。

何度か乗り換えをし、目的地に直行する電車に乗る。

到着するまでは結構な時間があり、その間、ギャル三人は楽しそうに女子トークを繰り広げていた。

「…………」

その女子トークに耳を傾けつつ、電車に揺られていたら気付けば俺は眠っていて――。

「もう着くよー！」

みらんに起こされハッと目を開けると、電車の窓から見える景色の雰囲気がだいぶ変わっていた。

俺たちが住んでいるところは別に都会というわけではないけれど、窓から見えるのどかな風景に心が癒される。

「凄《すご》く……いい景色だね……」

久しく行っていなかった海の匂いがかすかに鼻腔《びこう》をくすぐり、なんとも言えない懐かしさが胸に広がった。

「彼ピ、マジで爆睡してたね」

「わくわくして、夜、寝られなかったんじゃない？ｗ」

ギャル友二人にけらけら笑われるが、悪い気持ちはしない。本当に旅行に来たんだという意識が出てきてテンションが上がっていた。

それから電車を降りて駅を出た俺たちは、またさらにテンションが上がる。というのも、駅から商店街にかけて夏祭りが始まるムードが伝わって来たからだ。

屋台や飾りなどがあちこちに準備されており、大きなイベントの熱さが伝わってきた。

そんな町並みを横目に見ながら、バスに乗り、予約した旅館へ向かっていく。

「海、キレイ！」「もうめっちゃ泳いでるじゃん！」「ヤバ！　早く行きたい！」

ギャルたちはすでにテンションがハイになっていた。

窓から見える海と、ハイテンションのギャルたちを眺めつつ——しばらくバスに揺られてようやく旅館に辿《たど》りついた。


「思ってたよりキレイじゃん！」

旅館の建物を見て口にする花子さんに、俺も内心で同意する。

高校生でも泊まれるリーズナブルな旅館なので、古さとボロさが主張してくるかと思ったが、ネットで見るよりも良さげな雰囲気だった。

旅館の目の前はまさに海が広がっており、外には備え付けの更衣室やシャワー室などがあり、直接海に泳ぎに行って帰って来られるようになっていた。

「四名で予約した山下《やました》阿月ですが……」

「お待ちしておりました。二階のヒトデの間でございます」

旅館のカウンターで鍵を受け取った阿月さんを先頭に、階段を上がり部屋へ向かっていく。ナチュラルにギャル三人と一緒に「ヒトデの間」に入ろうとした俺だったが——。

「えっ——あれ、そういえば一部屋!?」

ハッとして凄く今更ながらの疑問を口にした。

困惑する俺に、阿月さんが何を言っているんだとばかりに首を傾《かし》げてきた。

「そうだけど？」

「いや、え、あの、俺もこの部屋で……みんなと一緒に寝泊まりするの!?」

「何か問題あった？」

「問題あるでしょう……！　男の俺が一緒はマズくない!?」

「え、余裕でしょｗ　予算の問題もあったし、そもそも予約がいっぱいで一部屋しか取れなかったんだよねー」

高校生らしいリーズナブルな値段で、とはお願いしたけれども……！

俺としたことが、何部屋予約したかまでは確認できていなかった!?　いや、そんなことはない。俺のことだから確認したはずだ。

「────!?」

ふと見ると、阿月さんと花子さんが目配せして、口元をニヤつかせていた。

まさか、ダマされた……!?

「あれ？　みらんの彼ピはアタシたちと一緒の部屋、イヤだった？」

今更訊《き》いてくる阿月さん。

俺は頭を抱えつつ、みらんと花子さんを見た。

「い、嫌じゃないけど……みらんと花子さんは俺が一緒の部屋で大丈夫なの……？」

「あたしは大丈夫だよ？　一緒の部屋って修二も知っていると思ってた」

どうやらみらんは事前に知っていたみたいだ。阿月さんと一緒にニヤつく花子さんは、もちろんノープロブレムだった。

まあ……今更変更なんてできないし……安く済ませられているのも事実だし……。

「じゃ、じゃあ、一緒の部屋で……よ、よろしくお願いします……！」

ギャルたちと同じ部屋で寝泊まりするのか……！

ガチガチに緊張しながらギャル三人と一緒に「ヒトデの間」に入室する。

「いい部屋だね！」「景色いいじゃん！」「お札とか、どっかにあるんじゃないｗ」

部屋に入って盛り上がるギャル三人。

俺たちが寝泊まりする部屋は、ちょっとファンキーな室名なくせに和風の落ち着きのある部屋だった。

だけれど、状況的には俺は落ち着けない。でも受け入れるしかない……！

「よいしょっ……」

ひとまず荷物を置いた俺は、一息吐《つ》く。

そうすると移動の疲れが押し寄せてきた。

「………」

長い長い旅をしてきた気分だ。

実際は電車とバスで移動しただけだが、インドア陰キャマンの俺からするとすでに大冒険をしてきたような感覚だった。

とりあえず、昼過ぎまでは部屋でゆっくりしようかな……。

なんて考えた時だった。

「じゃあ、早速、海に行こっか！」

みらんが元気に言ったかと思うと、阿月さんも花子さんも「「いぇい！☆」」とテンション高く呼応した。

「え、もう海行くの!?」

まだ着いて数分も経《た》ってないんですけど……!?

間髪入れず次のムーブに移ろうとする陽キャ女子たちにビックリしてしまう。

「もちろん！　修二も行くでしょ？」

「えっと、俺は……」

一休みしてから、と言おうとする俺を、ギャル友二人が煽《あお》ってきた。

「彼ピ、もちろん行くでしょ？　時間もったいないし」「ここまで来て行かないなんてことないよね？　海と水着が待ってるし」

まあ、ここまで来たら、もう合わせるしかないか……。

元気なギャルたちのパッションに押される俺は、腹を括《くく》って頷いた。

「海に行く準備するよ……！」

バッグから水着や海に行くセットを取り出す。

そういえば、どこで着替えたらいいんだっけ？

外の更衣室でいいのかな？　と思考を巡らした瞬間だった——。

「——？」

不意に、耳に衣擦《きぬず》れの音が飛び込んでくる。

無意識に音に振り返った俺は、

「ちょッちょちょ——!?」

視界からの衝撃に頭を撃ち抜かれて激しくのけぞった。

俺が振り返った視線の先——。

ギャル三人が今まさに服を脱ごうとしていたのだ。チラリとだが普段お目にかかることのない箇所の肌を目撃してしまい、俺は心臓にパンチされたような感覚になった。

「さ、三人とも何してるの——!?」

音速で逸《そ》らした視界を手で覆いながら問い質《ただ》す。

俺の動転とは対照的に、極めて平静な返答が花子さんから返ってきた。

「何って、水着の着替えだけど？」

「こ、ここで⁉　お、俺がいるしダメでしょ⁉」

「みらんの彼ピ、めちゃくちゃ焦っててウケるw」

「これで焦らない人います⁉」

「うちら別に見られて困るもの着てないんだけど？w」「ていうか、もう着替えてるしw」

「へ⁇」

花子《はなこ》さんと阿月《あづき》さんの言葉の意味が理解できず、頭に疑問符が浮かび上がる。

目を覆って混乱する俺に、みらんがくすくすと笑いながら話してきた。

「あたしたち下に水着、着て来たの」

「下に水着⁉」

「だから別に見ても大丈夫だよ」

見ても大丈夫と言われても……！

混乱しながらも状況を理解する俺は、指の隙間から薄眼でみらんたちを見る。

下に水着……。

そう言われると確かに……脱ぎかけの服の下は下着……ではなく、水着っぽい感じだった。

とはいえ、だ！

俺の陰キャメンタルにはこの状況は刺激が強すぎる。ぶっちゃけ、下着と水着の見分け

なんて俺にはできないし……！

直視なんてもってのほか。一緒の空間にいるだけで心臓が口から飛び出てしまいそうだ。

「お、俺は外にあった更衣室で着替えて、先に海に行ってるから！　み、みんなは、ゆっくり準備してきて」

このままここにいると海に行く前にぶっ倒れてしまいそうなので、俺は急いで水着や荷物を持って部屋の外に走ったのだった。

＊＊

そうして——水着に着替え、海の砂浜で太陽光線に晒《さら》されること数分。

「修二《しゅうじ》〜！　お待たせ！」

水着の上にTシャツを着たみらんが迎えに来たのだった。

許嫁《いいなずけ》のギャルは先ほどより露出は多いが、いやらしさは感じない。さっきはシチュエーションが悪すぎた！

もちろん、みらんの格好に今もドキドキしているが、ビーチという環境も相まって芸術品と相対しているような感覚だ。

「ほら、あそこのパラソルだよー！　阿月がいろいろと持ってきてくれたの」

みらんに手を引かれた先。

花子さんと阿月さんが、ビーチパラソルを開いて、その下にレジャーシートを広げているところだった。

「さっきの彼ピの反応、マジウケたわｗ」

「みらんの彼ピ、どうよアタシたちの水着姿は」

俺とみらんに気付いた二人が振り返ってくる。

二人ともさすがギャルと言うべきか、なかなか攻めた水着を着ていた。

「そ、そうだね。凄いと思う……」

俺の語彙力は完全に低下していた。

同級生のプライベートの水着姿なんてそうそう見ないので、改めて心臓がドキドキしてしまう。が、目の前の許嫁も水着だし、どこを向いても水着の人がいるので、俺はもう一体何にドキドキしているのかわからなかった。

「あ、やば！　日焼け止め塗るの忘れてた！」「うわ、うちも！　勢いで出てきちゃったからなー」

二人はポーチから日焼け止めを取り出すと、何かを思い付いたようにハッとした顔でお互い見合っていた。

「みらんの彼ピに塗ってもらうのはどう？w」「いいね、それw」

からかうような笑みを向けてくる花子さんと阿月さん。

いやもちろん、速攻で断ろうとした。本当に一瞬の迷いもなくね！　ちょびっとも揺らいだりなんか全然してないからね！

が、その前にみらんが俺の手を引っ張って二人に言った。

「もう、二人とも自分たちで塗れるでしょ！」

「「はーい」」

潔く二人は返事するが、その後もなんか二人はニヤニヤ笑っていた。

「修二は日焼け止め塗った？」

振り返って訊《たず》ねてくるみらんに、俺は首を横に振った。

「いや俺は塗ってないけど」

というか紫外線をもろに浴びるプライベートのイベントが今まで少なすぎて、日焼け止めを自分に塗るということを意識したことがなかった。

「今日、陽《ひ》が強いし、絶対塗っておいた方がいいよ」

「そ、そうかな……」

確かにこんなに身体《からだ》に直射日光を浴びるのは、水泳の授業以外滅多にない。

ジリジリと焼ける肌に不安になるものの、俺は頭を掻《か》いた。

「でも、俺、日焼け止め持ってきてないしな……」

「あたしの貸してあげるよ」

レジャーシートの上に置かれたポーチの一つから、みらんは日焼け止めの容器を取り出すと俺に手渡してきた。

「ありがとう！　みらんは……塗ったの？」

いや、別にあわよくばみらんに日焼け止めを塗りたいとか、そういう下心で質問したわけじゃなく……！　単純に気になって質問しただけで……！

ギャル友たちからの視線を感じて、慌てて言い訳の念を送る。

「家を出る前にしっかり塗ってきたよ」

「さすがだね……！」

別にがっかりしたわけじゃないから、俺をそんな目で見ないでくれギャル友たちよ。

みらんから日焼け止めを受け取った俺は、いそいそと顔や腕などに塗っていく。

背中ってどうやって塗ればいいんだ？

目に入る範囲はとりあえず塗り終わり、ふと手が止まった時だった。

みらんは日焼け止めを俺から取ると、背後に回った。

「背中はあたしが塗ってあげるね」

「え？」

と、反応する前に、背中に冷たい感触が広がる。

細い指先の感触が背中をなぞり、くすぐったさが押し寄せてきた俺は慌てて身をよじった。

「み、みらん、じ、自分で塗れるよ！」

「背中、塗り残しできやすいし、あたしに任せて」

「めちゃくちゃくすぐったいから……！　もう大丈夫だよ……！」

「まだちゃんと塗れてないよ！」

その場を離れようとするが、みらんにガシッと横腹を摑《つか》まれてしまう。普段触れられない場所に指の感触を感じ、さらにくすぐったくなる俺は身体を激しく揺らしてしまう。

そうすると今度は、背後のみらんと接触し――。

「――――!?」

柔らかな感触がダイレクトに背中に伝わって俺は瞬時に硬直した。

その間に俺はみらんから満遍なく背中に日焼け止めを塗られたわけだが、ギャル友たちはその光景は見て爆笑していやがった。

「…………」

そんな擦ったもんだがありながらも、久々に入った海は、ひんやりとしていた。

昔はプールでよく泳いだが、海は本当に久しぶりだった。

波を足に感じながら感慨にふけっていると――。

「うわっ――!?」

水しぶきが不意に顔に飛んできた。

海水のしょっぱさを感じながら振り返ると、犯人は許嫁のギャルだった。

「みらん!?」

先ほどまで着ていたTシャツは脱いでおり、露《あら》わになった上半身の水着とそこから垣間《かいま》見《み》える胸の谷間に俺は不覚にも目を奪われフリーズしてしまう。

「修二、えいっ！」

くすくす笑いながらもう一度海水をかけてくるみらん。

それでようやく我に返ることができた俺は、お返しと海水をすくってかける。

そんな応酬をしばらくする中で、俺はふと気付いた。

「…………」

あれ、これアニメとか漫画で見たことあるシーンだぞ!?

何をイチャイチャ恥ずかしいことをしてるんだと昔は冷ややかに見ていたが……まさか

俺が同じようなことをする日が訪れるとは……。いやでも今の俺ならあの主人公たちの気持ちがわかる気がした。

楽しい……！

笑って水をかけあえる相手がいるのは純粋に楽しくて、しかもそれが好きな相手であるのでなおさらだった。

恥ずかしいような感慨深いような気持ちで水の掛け合いの応酬を続けていると、ギャル友たちからのヤジが飛んできた。

「うちらほっといて何青春してんのよ！」

「ほらほら、勝負だ！」

ギャル友二人がビーチボールを膨らませていたみたいで、勢いよく投げてくる。

直撃した俺はボールを投げ返し、そこから四人でドッチボールのようなバレーのような謎の勝負が始まり、意外に白熱した。

そうして、太陽がさらに暑さを増した頃——。

「俺は一旦、休憩するよ」

上がったテンションで忘れていた寝不足のダメージが追いかけてきて、俺はパラソルで休憩することにした。

ギャル三人は全く疲れた様子はなく、むしろどんどん元気になっているようだった。

「陽キャの体力は無限なのかもしれない……」

なんて考察をしながら波際で遊んでいるみらんたちを眺める。

改めて見ても、みらんの水着姿はとても魅力的で――。

ギャル三人組は華があって、人の多いビーチの中でも浮いて見えた。

「あの子たち可愛《かわい》くない？」「ホントだ！　特にあの子とか彼氏いるのかな？」

遊んでいる時は耳に入らなかったが、あちこちでみらんたちを褒める声がしていることに改めて気付く。

その中でもみらんは特に注目を浴びているようだった。

「………」

みらんが褒められることに関して、許嫁として嬉《うれ》しいと感じる反面――。

危機感のような焦燥がじわっと頭をもたげてくる。

みらんたちを褒める男たちは、さすが海にわざわざ来ていることもあり、みんな、身体が小麦色に焼けて、適度に筋肉の引き締まったナイスガイが多かった。

それに対して、俺はどうだ……？

と、自分の身体を見る。

白く、じんわりと赤く日焼けしつつある肌。標準か……それ以下の筋肉量の四肢。

「………」

自分は周りからどう映るんだろうと、ふと考えてしまう。

俺は……あの美人ギャルの許嫁《いいなずけ》として相応《ふさわ》しい男になれているのだろうか……？

みらんの許嫁だと公言した日から努力しているつもりだが……みらんたちを褒める声が耳に入るたびに不安感が胸に湧いた。

「修二《しゅうじ》、大丈夫？　体調悪い？」

声をかけられてハッとする。

気付けばみらんがパラソルに戻ってきていた。

みらんが心配げな表情を浮かべていたので、俺は慌てて言った。

「全然大丈夫！　久々に海で遊んだから、ボーッとしてるところだよ」

その俺ににこっと笑うみらんは、ポーチから可愛い小銭入れを取り出した。

「向こうの海の家に飲み物売ってるから、何か買ってくるね！」

「俺も一緒に買いに行くよ」

立ち上がろうとして、みらんに制された。

「大丈夫、修二はそこで休んでて」

「いやあの……うん……。ありがとう」

なんだか既視感のあるやり取りにお互い苦笑して、俺は腰を下ろす。海の家に飲み物を買いに行くみらんをパラソルの下から見送った。

「………………」

せっかくの旅行で、なんで俺は勝手にネガティブになってるんだ……！あれもそれもこれも、全部寝不足が悪い！これからはイベントの前はちゃんと寝られるように頑張ろう！

一度頭を大きく振り心の整理をして、みらんに視線を送った時だった。

「――――？」

海の家に向かっていたみらんが、人に囲まれていた。

よく見ると、陽キャな男たちに声をかけられているようで……。

「まさか、ナンパ？」

なんだか男たちにしつこく絡まれている様子だったので、俺は急いで立ち上がって向かった。

「どこから来たの？」「お兄さんたちに名前教えてよ――」

声が聞こえてきたが、めちゃくちゃこてこてのナンパだ。

陽キャの男は三人組で、見た目的には大学生ぐらいで軽薄そうだった。

「すみません、彼氏と友達と来てるので」

「えーホント？」「オレたちに友達紹介してよ」

「邪魔なので退《ど》いてくれませんか？」

しつこく絡む陽キャ学生たちに、みらんはイラついているようだった。

昔の俺だったビビって声なんてかけられなかっただろうが、みらんが絡まれているとあっては、チキンハートもコンドルになるというもので。

「あの～」

俺は、みらんと陽キャたちの間に割って入った。

「修二……！」

「一人で行かせてごめん。やっぱり俺も一緒に行けばよかったね」

みらんに言う俺は、陽キャ学生たちに向き直り、努めて穏やかに言った。

「ということなんで、失礼します」

このままスルーして穏便に終わらせようとしたが、そうは問屋が卸さないみたいだった。

「おい、待てよ。横から入ってきて、なんだお前」

陽キャ学生たちの絡みはほどけなかった。

「俺は——」

この子の彼氏だ。許嫁だ。

陽キャ学生たちに向き直る俺は、そう言おうとした。

言うとしたのだが、しかし——。

「まさかこの子、彼氏とか？ｗ」

「いやいや、こんな冴《さ》えない奴《やつ》がそんなわけないだろｗ」

そんな嘲笑が耳に入り、ほんの一瞬、言葉がつっかえてしまう。

先ほど考えてしまったネガティブな考え——。

俺がここでみらんの彼氏だと公言したら、みらんの方が馬鹿にされてしまうのではないかという意識が脳裏にチラついてしまったのだ。

「俺は——！」

それでもすぐに気持ちを切り替えて言い直そうとしたが、それよりも先に、聞き慣れた大きな声が二つ飛んできた。

「うっわｗ　ナンパとかだっさｗ」

「マジでキモすぎｗ」

振り返れば、花子《はなこ》さんと阿月《あづき》さんがやってきた。

「あ？」

と、ムッとした様子の陽キャ学生たちだったが——。

しかし、周りの視線が集まっているのに気付いたようで舌打ちして去っていった。

「ありがとう。あの人たちしつこかったから助かったー」

ホッとした様子のみらんが、俺たちにお礼を言ってくる。

「いや俺は……何もしてないよ」

しかし、俺はみらんのお礼をまっすぐに受け止められなかった。

俺は間に割って入っただけだし、何より——陽キャ学生たちに、自分はみらんの彼氏、許嫁であることをすぐに言えなかった……。

そのことが胸に残っていて——。一瞬でも躊躇《ためら》ってしまったことが、なんだかみらんに申し訳ない気がした。

「俺よりも花子さんと阿月さんの方が凄《すご》かったよ。ありがとう」

お礼を言う俺に、ギャル友二人は笑いながら返してきた。

「いやいや、彼ピの方が偉いじゃんｗ」

「すぐにみらんの助けに入って凄かったじゃんｗ」

ギャル友たちから褒められるが、俺は自身の評価とのギャップにさらに自信をなくしそうになった。

＊＊

それからタイミング的に丁度いいと、昼食を海の家で食べることになり——。

「あたしたちまた泳ぎに行くけど、修二はどうする？」

「俺はもう少し休んでから行くよ」

「おっけー無理しないでね！」

元気の有り余るギャルたちは、食事後すぐにテンション高く海に遊びに向かった。先ほどのハプニングはもうすっかり吹き飛んでいる様子だった。

海の家からビーチパラソルに戻ってきた俺は、みらんたちの姿を捜す。

先ほどまでは波際で遊んでいたが、どうやら今回は少し沖の方まで行っているようだった。浮き輪も持って三人とも自由に泳ぎ回っていた。

その様子を見守りながらレジャーシートに腰を下ろした俺は、小さくため息を吐《つ》いた。

「はぁ……」

女々しい男と思わるかもしれないが、先ほどのことを引きずってしまっていた。

俺はみらんの彼氏だと胸を張って言えなかったことが……即答できない自分が正直悔しかった。

「まだまだ自分はダメだなぁ……」

己の卑屈さに落ち込んでしまう。

そのままがくりと頭を下げかける俺だが、しかし、首を振って頬をぱちぱちと叩《たた》いた。

「いや、ネガティブになるな俺！」

みらんに相応しい男になるんだろ……！

許嫁であることをみんなに公言した日のことを思い出す――。

あの日から俺は成長すると決めたんだ。

今は全然ダメでも、自分を大事に思ってくれている許嫁のために、頑張らないと――いや、頑張りたい。

「よし！」

自分を奮起させて俺は立ち上がる。

そろそろ、みらんたちのところに俺も泳ぎに行こうかなと考えた時だった。

「――ん？」

沖の方で泳いでいる許嫁の女の子――。

その様子が少しおかしいことに気付いた。

「みらん……？」

浮き輪も持っているが、どこか必死そうな表情を浮かべていているような気がして――。

花子さんも阿月さんは離れたところで泳いでいて、みらんの様子に気付いていないようだった。

杞憂《きゆう》だったら、別にそれでいい。

「みらん！」

俺は海に駆け入り、許嫁のもとへ急いで泳いで向かう。

休み時間の寝たふりと、オタク知識を早口で言うこと以外得意なことがない陰キャの俺だが――実は泳ぎは少し得意だった。

小さい頃に短い間だがプール教室に通ったことがあり、嫌いな体育の授業でもプールの時はドヤ顔でスイスイ泳いでいた。まあ、『河童《かっぱ》』という称号を貰《もら》ってからはちゃんと泳がなくなったのだけれど。

「みらん……！　大丈夫!?」

俺の違和感は正しかったようで、みらんは怯《おび》えるように浮き輪にしがみついていた。

「修二……！　足が攣《つ》って……」

痛そうに眉を寄せるみらん。

状況を理解した俺は、安心させるように言った。

「大丈夫だよ。しっかり浮き輪に摑《つか》まってて」

みらんに一度身体《からだ》を寄せてから、そのまま浮き輪を引っ張るように浜辺まで泳いでいく。

悪い思い出だった俺の『河童』のスキルが役立ってよかったと感じる。

それから無事に足がしっかり着く波際までみらんを運んだ俺は、ホッと胸を撫《な》で下ろした。

「足、大丈夫……？　歩けそう？」

「うん、なんとか」

少し足を引きずるように歩くみらんの手を引いて、一緒に砂浜に上がる。

ひとまずパラソルのもとに行こうとした時、みらんがぎゅっと身体を寄せてきた。

「み、みらん……⁉」

お互い水着なので、直《じか》に触れる肌の面積が多いわけで――。

海で冷えた生温かい肌の感触や、柔らかさがストレートに伝わってきて、一瞬にしてゆでダコになった気分だった。

歩けないのかな……⁉　それともまだ怯えてるのかな……⁉

俺はどうしたらいいんだ⁉

急に密着されてテンパる俺に、みらんが上目遣いで言ってきた。

「ありがとう、修二《しゅうじ》」

許嫁《いいなずけ》のギャルの表情にはもう怯えている様子はなく、嬉《うれ》しそうな笑みが浮かんでいた。

俺はその顔に安堵《あんど》しながらも、状況的には依然心臓バクバク中で慌てて言った。

「う、うん……！　だ、大事にならなくて本当によかったよ！」

「怖かったけど、修二がすぐに助けに来てくれて嬉しかった」

「全然、そんなの当たり前というか……！　大切な人の異変ならすぐに気付くし、駆け付けるよ」

テンパり中の俺は思ったことをそのまま口にしたわけだが──。

「修二……」

頬を染めるみらんを見て、キザなことを言ってしまったことに遅れて気付く。

「と、と、とりあえず、パラソルで休もうか……！」

「うん……」

自分たちのパラソルに戻り、一休みする。

なんだか今更に恥ずかしさが押し寄せてきて、そこからあまり会話をすることはなかったが、みらんの距離がやたらと近い気がした。

「二人ともどうしたのー？」

「何かあった？」

戻ってきたギャル友二人が、俺とみらんを見て訝《いぶか》しげな表情を浮かべてくる。

「いや……特に何も……」

旅行のムードが下がるかもしれないし、足が攣ってちょっと危なかった話は伏しておいた方がいいかもな。

みらんに気を遣い、そう首を横に振る俺だったが――。

「さっきね！　修二が、スゴかったんだよ――！」

そのみらんが、前のめりでギャル友二人に先ほどの出来事を話し始めてしまった。

しかも俺の発した言葉まで嬉しそうに語るので――。

「俺、ちょっと泳いでくる！」

照れと恥ずかしさでその場にいられず、俺は逃げるように泳ぎに走ったのだった。

ついさっきまで自信を喪失していたが――。

困っている許嫁をちゃんと助けられたことで、俺の中で自信が少し戻っていた。

＊＊

「肌にしみる……！」

ギャルたちが満足するまで海で過ごし、旅館に戻ってきた俺は温泉に入っていた。

日焼け止めを塗ったとはいえ、長時間海にいたのでかなり日焼けしていて、温泉がやたらと肌にしみた。

そんな痛みを感じながらも、久しぶりの温泉は疲れた身体に心地よい。温泉施設はそこまで大きくはないが、客もまだまばらで開放感があった。

「………」

幼い頃はよく両親と旅行に行ったり、温泉も行ったりしていたが……。

大きくなるにつれてインドアな生活が基本になり、面倒臭さが勝って一緒に行くことが減っていた。

次は親の旅行に付いていこうかな……。

なんて温泉に浸《つ》かりながらしみじみ考えている時だった。

「うわ――日焼けヤバ」「ちょっと、これ見て――」「ウケる――」

壁を隔てた女湯の方。

天井の壁の隙間から耳慣れたギャルたちの声や笑い声がかすかに飛んできて――。

「――」

俺は天井の隙間をつい反射的に見上げてしまう。

同じタイミングで海から戻り温泉に向かったので、今、まさにみらんと花子《はなこ》さんと阿月《あづき》さんも壁を隔てた先で入浴中なわけで――。

「………っ」

俺の脳裏に、三人の入浴姿が湯けむりのようにもくもくと浮かび上がってくる。

「いかんいかんっ！」

俺は慌てて頭を振って妄想を振り払った。

しかし――声が聞こえてくるたびに妄想スイッチがオンになってしまう。しかも昼に露出の多い水着姿を見たせいでリアルにイメージできてしまう気がした。

「く――！」

ここで三人の入浴姿を妄想してしまうと、ヤバい！

何がヤバいって、今夜は同じ部屋で寝ないといけないわけで、絶対意識して寝られなくなってしまう……！

己の妄想を抑えるために、俺はあることに集中することにした。

「寿限無《じゅげむ》、寿限無……五劫《ごこう》のすりきれ、海砂利水魚の水行末……パイポパイポ、パイポのシューリンガン、シューリンガンのグーリンダイ、グーリンダイのポンポコピーのポンポコナの長久命《ちようきゆうめい》の長助」

落語の有名な噺《はなし》に出てくる長い名前。それをいかに早く言えるかに挑戦だ！

他の男湯の客から奇異な目を向けられるが、今は気にしていられない。

「寿限無、寿限無——」

と、早く言うことに集中しまくり、必死に煩悩をかき消すことに専念した。

この作戦は成功したみたいで、俺は完全にゾーンに入っていた。

そして、もう何回挑戦したかわからなくなった頃——。

「う、目が回る……」

俺は、完全にのぼせた。

ただ……もうギャルたちは上がったみたいで、女湯からは声は聞こえなかった。

＊＊

のぼせた頭をふらつかせながら旅館の浴衣に着替えて部屋の前に戻った俺は、扉をノックした。

鍵を持っているのはギャルたちのため、開けてもらわないといけない。

「あいてるよー」

誰がノックしたのかの確認がないまま、そんな不用心な声が響いてきて俺はおどおどと部屋の中に入った。

「おつー」「おかえりー」

中では湯上がりの花子さんと阿月さんが、スマホを弄《いじ》りながらくつろいでいた。

「ど、どうも……！」

旅館の浴衣を着た同級生二人の姿に不覚にもドギマギしてしまう。

べ、別にやましいことは何も考えてないから……！

自分がいまどんな表情をしているかわからず、慌てて脳内言い訳をしながら許嫁の姿を捜すが見当たらなかった。

「あ、あの、みらんは……？」

「喉乾いたらしくて、飲み物買いに行ってるー」

阿月さんがスマホを眺めながら答えてくる。

「なるほど……」

ほぼ女部屋なので、どこにいればいいかわからなくなる俺は、とりあえず部屋の隅っこに座る。

二人ともスマホを触っているから部屋の中は静かで、俺は所在なく木造の部屋の造りを眺めた。

「そういえばさー」

そんな花子さんが声を聞こえて、振り向く。

花子さんはスマホから顔を上げると、俺に問いかけてきた。

「みらんとは、どこまで進んだの？」

「ど、どこまでって……？」

「ほら、あんたたち恋人というか、それ以上の許嫁なんでしょ？　それらしいことはしてるでしょ？」

そ、それらしいこと……!?

急に剛速球のような質問をされて動揺してしまう。

阿月さんもスマホから顔を上げてニヤニヤしていた。

「ほら、正直に言っちゃいなさいよ！　ほらほら！」

囃《はや》し立ててくる花子さん。

みらんと恋人として、許嫁として、どこまで進んだのか……。

なんかここで下手に隠すとさらに煽《あお》られそうな気がするので、俺は咳払《せきばら》いを四回ほどして答えた。

「て……手を繋《つな》いだ、かな……」

答えたはいいものの、恥ずかしくなって口籠ってしまう。

膝枕されたり、おんぶしたり、身体《からだ》を拭いてあげたり……そういうこともあったが、それらは事故のような突発的な出来事だったわけで——。

お互いちゃんと恋人として意識してやったのは、手を握ったことだった気がする。

照れながら二人を見ると、そろって口をへの字に曲げて眉を寄せていた。

「はぁ!?」「本気で言ってるの!?」

「え、え!?」

二人は信じられないといった様子で、俺は思わぬ反応に困惑してしまう。

手を繋ぐのはまだ早すぎたのかな……!?

なんて動揺していると、ギャル友二人は呆《あき》れる様にため息を吐《つ》いた。

「小学生の恋愛じゃん」「こんなに進展してないとは思わなかったわ」

「そ、そうかな……？」

俺の中ではかなり進んでいると思っていたのだけれど……。

ただ、これ以上の進展って何があるっけ……？

思考陰キャロック状態の俺に、花子さんが言ってきた。

「キスぐらいしなさいよ！　キスぐらい！」

ふ

「キ、キス……!?」

耳馴染《なじ》みがなさすぎて、真っ先に魚のキスの方が頭に浮かんでしまう俺だったが、阿月さんが賛同しながら口をすぼめる仕草をしたことでハッとした。

キスって……つまり唇と唇をくっつける接吻《せっぷん》のこと!?

「いやいや、そんなのまだ早いでしょ!?」

動転する俺に、ギャル二人が反論してきた。

「むしろ全然遅いって！　うちの友達なんか○○××の——」「アタシの中学の友達なんか○○○×△◇——」

話は耳に入ってくるが——。

ギャルから生で聞かされる話があまりにも衝撃的すぎて、俺の脳が一瞬でフリーズしてエラーだらけになる。

——あぁ、なんて星は綺麗《きれい》なんだろう。

気付けば俺の脳内には壮大な宇宙空間が広がっていた。新しく生まれる星や、消えていく星。色とりどりの明滅を繰り返し渦巻く銀河の美しさに感動してしまう。

ギャルたちの話を聞きながら、脳内宇宙旅行をしばらく繰り広げた頃だった——。

「——————!」

部屋のドアの音に振り返ると、許嫁《いいなずけ》が帰ってきたところだった。

「温泉、気持ちよかったねー！」

にこやかに部屋に入ってくるみらんも、旅館の浴衣を着ており、肌が日焼けと湯上がりで火照っている。

その見慣れない許嫁の姿を見て、俺は脳内宇宙旅行からようやく現実に戻ってくることができた。

「あれ、何かあった？」

部屋の異様な雰囲気を感じたのか首を傾《かし》げるみらん。

「いや別にー？」「あーお腹《なか》すいたー」

先ほどのことが何もなかったかのように、しらを切るギャル友二人。

俺も今回は二人に合わせた。なんの話だったのか脳が全く理解できていないし、そもそも理解しても話せない内容だった気がするので何も言えない。

とりあえず、「ギャル怖い」という恐怖心を植え付けられた――そんな時間だった。

「修二《しゆうじ》、日焼けしたね！　保湿した方がいいかも」

みらんが歩み寄ってきて、赤くなった俺の肌をじろじろと見てくる。

そうなると俺も、許嫁のギャルをじろじろと見れてしまうわけで――。

「み、みらんも――」

火照ったみらんの首元や頬、そしてふっくりしたピンクの唇を見た俺の脳裏に、ある言葉が強烈にリフレインした。

『キスぐらいしなさいよ！　キスぐらい！』

脳がフリーズする前に花子《はなこ》さんに言われた言葉――。

みらんの唇を急激に意識してしまい、身体が瞬間湯沸かし器のように熱くなってしまう。

「お、俺も、飲み物買ってくるよ……！」

このままいるとぶっ倒れてしまいそうなので、俺は逃げるように一度部屋を出た。

それから結構なクールダウンを挟み、部屋に戻ると丁度旅館の夕食が並べられているところで――。

「…………」

ご飯を食べれば、みらんの唇への意識も薄れるかと思ったが――全然そんなことなかった。楽しそうに飲み食いする許嫁の姿はとても可愛《かわい》くて、その綺麗な唇がコップに触れるたび、ナプキンで拭かれるたび、つい見てしまって仕方なかった。

「……くっ！」

変なことを意識させやがって……！

恨みを込めて花子さんと阿月《あづき》さんを睨《にら》むが、先ほどの話はすでに忘却の彼方《かなた》にあるようで、能天気にみらんと食事を楽しんでいた。

みらんの唇を意識してしまって頭を悩ませる俺だったが、夕食を終え寝る準備を始めたところでさらなる悩みが増えた。

それは、俺はどこで寝たらいいいんだ!? という悩みである。

「別に普通に寝たらいいじゃん？」

とか、ギャルたちは気楽に言ってくるが、俺は全く気楽じゃない。

四つ布団を並べたはいいものの、まず、女子に挟まれる真ん中はあり得ない。

普通に考えれば端っこの選択肢だが、それでも横の布団で女子が寝ていると考えると緊張して寝られない気がした。

ただでさえ寝不足で来ているし、明日は夏祭りもあるから絶対早く寝ておきたい。

考えに考えた結果――窓際の広縁《ひろえん》の椅子やテーブルを除《の》け、そこに布団を移動させた。

「そんなところで大丈夫？」

「大丈夫……！　ここならより近くで自然を感じることができるし……！」

心配するみらんに、見栄《みえ》を張る俺はそのまま布団に横になる。

カーテンが薄いようで、仰向《あおむ》けになると夜空が窓からよく見えた。

「もう寝るの？」

訊《き》いてくるみらんに、俺は掛布団をかぶって頷《うなず》いた。

「うん、明日のために寝ておくよ……！」

みらんたちにお休みの挨拶をした俺は、目を閉じる。

そうすると瞼《まぶた》の裏に今日の海の思い出が蘇《よみがえ》ってきた。

久しぶりの海は楽しかったな……。

みらんも可愛かったな……。

「――――」

感慨に浸る俺の瞼の裏に、みらんの水着姿が浮かんできたかと思えば――ギャル友たちの強烈な話がフラッシュバックしてハッと目を開けてしまう。

「はぁ……」

これは今日も眠れなさそうだな……。

すぐ近くで聞こえるみらんたちの女子トークを子守唄に、戦々恐々としながらもう一度目をつぶる。

寝られないことを覚悟していたが――海の疲れで気付けば爆睡していた。

＊＊

「眩《まぶ》しい……」

突き刺すような光で目を覚ます。薄いカーテンから燦燦《さんさん》と直射日光が差し込み、俺の顔面を焼いていた。

「夢……じゃないよな……」

あまりにも爆睡していたため、頭がまだふわふわとしている。旅行に来たことも、海で遊んだことも夢だったんじゃないかと思ってしまう。

しかし、旅館の天井や和風の窓や壁はまさしく昨日の現実の続きで――。

部屋の方を見れば寝ているギャル三人の姿があり、その存在感に当てられて寝ぼけた頭が急速に覚醒していった。

そのまま上体を起こして立ち上がった俺だったが、部屋の様子を見て――。

「――――!?」

慌てて顔を逸《そ》らして布団に横になった。

一瞬だったが目に焼き付いた光景に顔が熱くなる。

何があったかというと、ギャル三人はまだ布団で寝ているわけだが……寝相で浴衣がはだけていたのだ。

目の保養――じゃなくて、いろんな意味で目の毒すぎる。

「これじゃ起きれない……！」

このまま起きていたら、あられもない姿を見たと責められるか、ずっとからかわれるかもしれない……！

せっかく忘れていたのに、前日のキスの話が状況に釣られてフラッシュバックしてしまい、俺は頭をぶんぶん振って布団をかぶる。

「――――」

もう一度寝ようとしたが、目が完全に覚めてしまったみたいで無理みたいだった。

とはいえ起きるわけにもいかず、みらんたちが起きるまで無心で狸《たぬき》寝入りし続ける。

そんな時間が数十分ほど経過した頃、ようやくギャルたちが起き始めたみたいで、寝起きのぼそぼそとした会話が聞こえてきた。

「おはよう……」「ちょっと、浴衣はだけすぎじゃね」「朝からウケるんだけど」

これで俺もようやく起きれるかな……！

呪縛から解かれたように布団から起き上がろうとしたが、今度は、衣擦《きぬず》れの音が耳に飛び込んできて速攻でやめた。

ここで着替えるのやめてほしい……！

音だけ聞いていると変な想像をしてしまいそうになるので、昨夜の温泉での寿限無作戦を脳内で繰り広げた。

そうしてこうして、ようやく三人がいつものようにわいわいと会話し始めたのを確認し、俺は起きたのだが……。

「顔赤くてウケるｗ」

ギャルたちに笑われたが、日焼けのせいだと言い張った。


旅館の朝ご飯を食べ終え、チェックアウトの準備をする俺たちは、これからの予定を確認した。

今日のメインは、もちろん夏祭りだ。

事前に調べた情報では、駅から商店街にかけて結構な広い範囲で行われるそうで、夕方には花火も上がるらしい。

「今日も盛りだくさんだ……」

予定としては、昼過ぎに浴衣のレンタルの予約を入れているので、そこで着替えてから祭りを散策し、花火を見終え、浴衣を返した後に帰宅するという……陰キャの俺からするとアスリートのようなメニューだった。

「そういえば、荷物どうする？　どこか預けられるところあるかな？」

かなりの荷物を持ってきていた阿月さんが心配げに訊いてくる。

確かに荷物を持って、しかも浴衣姿で祭りの中を歩き回るのはキツそうだ。

俺もすっかりそのことは失念していて不安になるが、みらんがけろっとした顔で答えてきた。

「浴衣のレンタルのお店、荷物預けられるって書いてあったと思うよー」

改めて今日行く浴衣レンタルのお店を調べると、ちゃんと荷物を預けられるサービスが存在していて、阿月さんは胸を撫《な》で下ろしていた。

それから各々身だしなみを整え、荷物の準備を済ませたギャルたちは、もうすでにテンションアゲアゲ状態だった。

「チェックアウトまで時間あるし、ひと泳ぎしてこようかなー」

なんていう言葉が聞こえた時には俺は耳を疑った。

まあさすがに、メイクや髪のセットがだるくなるということで泳ぎに行くことはなく——。

俺たちは旅館をチェックアウトし、バスに乗り、窓から海を眺めながら駅に戻ったのだった。

＊＊

「うわぁ……凄《すご》い人だ……」

バス停を降りて駅に向かって商店街を歩くが、もうすでに稼働している屋台も多く、昼前なのに結構な人混みだった。

この段階ですでに気後れする俺だが、ギャル三人は逆にうずうずしている様子だった。

「まだ時間あるし、先にお土産とか買っておかない？」

お店を眺めながら提案する阿月さん。

それに、みらんも花子さんも大いに賛同した。

「そうだねー！　お祭り始まっちゃったら、買えなくなりそうだし」

「うち、買いたいやつあるんだよねー！」

となると、人の顔色を窺《うかが》うことにかけては右に出る者がいない陰キャの俺の意見もおのずと決まるわけで――。

満場一致でお土産を買うことに決まり、俺は三人に付いて回った。

手頃なやつを親に買って帰るか……。

俺は両親にお土産を買っただけだが、みらんたちは結構な量のお土産を買っていた。

「凄い量のお土産だね……親戚とかにあげるの？」

持つのを手伝う俺が感心しながら訊《たず》ねると、ギャル三人は口をそろえて言ってきた。

「「「友達の分だよ？」」」

「そ、そうなんだ……!?　そっか、友達ね……！」

今買っているのは、ほとんど友達にあげる用らしい。

友達の多い陽キャって大変だな……って思った。

べ、別に俺はお土産をあげる友達が誰もいないことを嘆いたりはしてないから……！


お土産を買い終え――喫茶店などで軽く時間を過ごした俺たちは浴衣のレンタル店へ向かっていた。

「浴衣のお店、こっちでいいんだっけ？」「あっちじゃない？」「いや、もっと先じゃなかったけ？」

お土産と荷物で手がいっぱいのギャルたちは、それぞれマップをチラッと見ただけでフィーリングだけで進んでいってしまう。

「ちょっと、マップ確認するから、待って……！」

ずんずんと進んでいってしまう三人を慌てて止める俺は、スマホのマップアプリのナビで誘導していった。

それからしばらく歩き、それらしいお店が見えてくる。

「うわぁ、キレイ！」

店の前で浴衣を着た人たちを見て、目を輝かせるみらん。

お店は商店街から外れたところにあったが、浴衣を借りに来た人で一帯が賑《にぎ》わっていた。

その光景に花子《はなこ》さんも阿月《あづき》さんもテンションが爆上がりしていた。

早速お店に入る俺たちは、カウンターで荷物を預け、店員さんに案内されるままそれぞれに浴衣に着替えにいく。

「………」

店員さんに手伝ってもらい、俺はあっという間に着替え終わった。

「俺が祭りで浴衣を着るなんて……」

一人だったら絶対そんな面倒なことはしないので、感慨深く姿見で自分の姿を確認する。

値段を抑えていたので俺の浴衣は紺色のかなりシンプルなものだったが、旅館の浴衣とは違いしっかりとした作りで、様になっていた。

女子陣は少し時間がかかるみたいで、待つ間、手持ち無沙汰になってしまう。

そこまで広いわけではない店内には結構な人がいて、邪魔にならないように俺はとりあえずお店を出た。

昨日も旅館で浴衣を着たけれど、外で着ることなんて滅多にないので、なんだかそわそわしてしまう。

「………」

晴れた空と、セミの鳴き声。

あちらこちらで咲いている人の賑やかな会話に耳を傾けながら、ギャルたちを待っていると背中をポンポンと叩《たた》かれた。

「お待たせー」

その明るい声に振り返った俺は、ハッと息を呑《の》む。

華やかな浴衣――。

その浴衣に身を包んで笑みを浮かべる、許嫁《いいなずけ》の女の子――。

「――っ」

店内に飾られた浴衣を事前に見ていたので、そこまで驚くことはないと思っていたけれど……あまりにも似合いすぎて俺は言葉を失ってしまった。

普段から人の目を惹《ひ》きつける華があるが、明るい髪色に映える浴衣に身を包んだその姿は――華を超え、もはや後光が差しているように俺は見えた。

前日に旅館の地味な浴衣姿を見ていた分、より一層に眩《まぶ》しく感じる。

「浴衣、どうかな……？」

腕を軽く上げて、照れるように浴衣姿を見せてくるみらん。

とりあえず俺は自分が息をしてなかったことに気付いて、急いで深呼吸した。

「す、凄く綺麗《きれい》……！　めちゃくちゃ似合ってるよ……！」

「ホント!?　よかったー！」

頬を染めてニコニコと喜ぶみらん。

なんかもう、俺はその姿を一生見てられそうな気がした。

「修二《しゆうじ》も浴衣、似合ってるよ！」

「あ、ありがとう……でも俺はみらんに比べてたら全然だよ」

「そんなことないよー！」

「いやいや――」

なんてみらんと照れ合っていると、少しトーン低めの声が飛んできた。

「ちょっとー、アタシたちは？」

「うちらには何かないわけ？」

振り向けば、浴衣を着た阿月さんと花子さんが苦笑しながら立っていた。

みらんしか見えていなかったので、慌てて俺は二人の浴衣姿を見つめる。　みらんと同じく華やかな浴衣であり、ベースに黒や紺を使っているのでどこか大人っぽさもあった。

「ふ、二人とも似合ってるよ……！」

正直に褒めたつもりだったのだが……。

二人は顔を見合わせて、

「「なんか、みらんと勢いが違うだけど～」」

と、少し不満げにからかうように言ってくるのだった。


そうして浴衣に衣チェンジした俺たちは、本格的に夏祭りに繰り出した。

人混みはさらに増えて、屋台も活気に満ちている。

ヨーヨーすくいや射的、型抜き、当たりが入っているか怪しげなクジ――。

人混みは嫌いだけれど、お祭りの非日常の雰囲気は嫌いじゃない。

「綿菓子、買わない？」「りんご飴《あめ》にしようって！」「お祭りといえば、かき氷でしょ」

いろんな屋台に目移りしてははしゃぐギャルたちを眺めながら、お祭りの中を練り歩いていく。

「修二は何か気になるものある？」

「食べ物だったら……俺は、たこ焼きかな」

結局、話に上がった食べ物は全て買うことになったわけだが……。

お菓子や食べ物自体は、そこまで珍しくはないのに、みんなで屋台を巡って買うとまるで別モノのように感じた。

「でも、さすがに買いすぎじゃない……？」

ついギャルたちに突っ込んでしまう。

俺的には輪投げとか、金魚すくいなどのアトラクション系の屋台がよく目に留まるのだが、どうやらギャルたちはお菓子やスイーツ系に目を奪われるようで、気付けばかなりの量を買い食いしていた。

まあでもそれを含めて、みんなで回るお祭りは楽しく感じた。

それからも長い時間お祭りを練り歩き——。

「ちょっと、どこかで休憩しない？」

陽《ひ》が傾いてきた頃、みらんが少し息を切らしたように提案してきた。

さすがの陽キャギャルも、着慣れない浴衣と履きなれない下駄《げた》で、ずっと歩き回ったのはさすがに疲れたらしい。花子さんも阿月さんも同様の反応だった。

道の外れに良さげな喫茶店を見つけた俺たちは、そこで涼みながら一息入れる。

「ふぅ……」

　俺もすっかり浮かれていたみたいで、椅子に座るとどっと疲れが押し寄せてきた。

　時計を見ると花火まではまだ少し時間があり、とりあえずしばらくアイスコーヒーを飲みながらここで過ごすことになった。

「あの屋台のクレープおいしそうだったよね」「後で買いに行く？」「でも並んでてメンドくない？」

　さすが陽キャというべきなのか、ギャル三人の体力はあっという間に回復しており、気付けば初期のハイテンションに戻っていた。

「………」

　人混み結構ヤバいな……。

　ギャルたちのトークに耳を傾けつつ、窓の外を見るが大通りの人混みはさらに増えているようだった。

　これは気合を入れないといけないな……。

「──そろそろ行く？」

　時計を確認したギャルたちが意気揚々と腰を上げ始めるので、俺も重い腰を上げる。

　喫茶店の外に出ると、夏の暑さと人混みの熱気が押し寄せてきた。

「花火の場所ってこっちでいいんだよねー？」「たぶん、そうだと思うー」

商店街の大通りを歩き、花火が見えるスポットとして紹介されていた海岸へ向かっていく。

しかし、紹介されていたということは、それだけ人も多いわけで――。

「人、ヤバいな……――！」

花火の時間が迫っているということで、人混みはさらに爆増して気を付けて歩かないと人とぶつかってしまいそうだ。

なんだか満員電車にいるような感覚で、底をつきかけていた体力がさらにガリガリ削られていく。インドアな人間にはなかなかにツラすぎる環境だ……！

人の密度がさらに上がっていき、俺は何度か人とぶつかり疲弊しながらへろへろと歩く。

これは気を付けないと……はぐれたらあっという間に見失ってしまいそうだ。

「みんな……はぐれないように気を付けて――」

人混みに危機感を抱く俺は、ギャルたちの位置を確認する。

左前に花子さんと阿月さんがいて、そして、俺の右横にみらんが――。

「あれ――!?」

一瞬にして冷や汗が吹き出る。

先ほどまでいた許嫁のギャルの姿がなくなっていた。

「あ、あれ、みらん――!?」

ハッとして周りを見渡すが、みらんの姿はどこにもなく――俺は慌てて左前のギャル二人の背に声をかけた。

「花子さん、阿月さん！　みらんがいない！」

「え……マジ？」「はぐれちゃった？」

人混みの中で立ち止まれないので、ひとまず人をかき分けて道の端に寄る。

スマホを取り出して電話をかける花子さんだったが、渋い顔をした。

「んー……人多すぎるからか、電話繋《つな》がらないね」

「REINも既読付かないし、どうするかなー、来た道戻る？」

スマホを見ながら心配げな表情を浮かべる阿月さん。

「………………」

俺は心配とショックで打ちひしがれていた。心臓がひりひりする。

なんで……俺はちゃんと、みらんを見てなかったんだ……。

ついさっきまでの自分を殴りたい気分だ。

「二人ともごめん……俺のせいだ……」

責任を深く感じながら謝る俺に、二人は不思議そうな顔をした。

「別に彼ピのせいじゃなくない？」「それに、この人混みじゃ仕方ないよ」

そう言ってくれる花子《はなこ》さんと阿月《あづき》さんに俺は有り難く思う。

しかし、俺は自分が許せなかった。

「ありがとう……。俺、今からみらんを捜してくるよ」

「じゃあうちらも――」

と言ってくる二人に、俺は首を横に振って言った。

「いや、二人はそのまま目的地に行っていてくれないかな？」

「え、彼ピ一人で大丈夫？」「アタシたちも捜すよ？」

「二人とも着慣れない浴衣姿だし、この人混みの中を捜し回るなんてさせられないよ」

俺も浴衣ではあるけど、女物と比べたら全然身軽だ。

それにこの人混みでちゃんとスマホが使えるか怪しいし、全員バラバラになったら合流するのがさらに困難になる気がした。

二人とも少し納得しかねる顔をしていたが――。

「絶対、みらんを見つけるから安心して」

俺のその言葉を聞いて最終的には頷《うなず》いてくれた。

「みらんを見つけたらREIN送るね。合流が難しそうだったら、浴衣のお店に行くことにするから――」

そう二人に伝えた俺は、人混みに駆け入る。

しかし、人混みをかき分けての逆走なので全然思うように進めない。いろんな人から文句を言われるが、今の俺はそれを気にしている暇はなく、謝りつつ進んでいった。

「みらん――！」

祭りの喧騒《けんそう》でどこまで聞こえるかわからないが、声をかけながら必死に人混みの中を逆走していく。もう結構な距離を戻ってきていた。

もっと戻った方がいいのだろうか……？

それともどこかで見過ごしてしまったりしてないだろうか……。

不安になりながら、全神経を集中させて周囲を確認しながら進んでいく。

その俺の視界に――。

「――――？」

チラリと見覚えのある明るい髪色と浴衣が見えた気がした。

人混みから外れた道の脇。

そこに向かって、急いで人混みをかき分けて向かっていく。

「みらん……！」

俺の目に間違いはなかったみたいで、屋台同士の狭いスペースに許嫁《いいなずけ》の女の子の姿があった。

しかし少し様子がおかしい……。

「やめてください——」

みらんの怒ったような冷たい声。

人混みを抜け出して近づくと、どうやらみらんは誰かに絡まれているようだった。

「だからさ、友達とはぐれたんだったら、オレたちと一緒に花火見ようよ」「そうだよ、こんなところで会うなんて運命じゃん」

みらんは男三人に絡まれているようで、俺は慌てて間に入っていった。

「みらん……！　大丈夫？」

「修二《しゅうじ》……!?」

「なんだよ、お前？」

お酒が入っているのか赤い顔で凄《すご》んでくる男たち。

男たちは軽薄そうな学生っぽい陽キャで……。

あれ、なんかどこかで見たことがある気がするな……と思えば——。

「あ？　昨日のガリガリか？」

嘲笑してくる男たち。

相手はまさに、昨日、海でみらんをナンパした陽キャ学生たちだった。

二日連続で同じ相手に絡まれるなんて、みらんも災難だな……。

同情する俺は、みらんの手を取った。

「ちゃんと見てなくて、ごめん。花子さんと、阿月さんのところへ行こう」

「うん……！」

「おい、待てよ」「邪魔すんなよ！」

人混みに戻ろうとするが、陽キャ学生たちが通せんぼしてくる。

「なんなんだ、お前、昨日から！」

苛立《いらだ》ったように言ってくる陽キャ学生。

それはこっちのセリフだ！

陽キャ学生たちに怒りを抱く俺は、みらんを守るように立ち、睨《にら》んで言った。

「彼女は俺の恋人――許嫁なんだ！　だから、気安く近付くな」

昨日は胸を張って即答できなかった言葉――。

今度は、俺は真正面から言うことができた。

「許嫁……？」「マジで言ってんの？」「こんなやつが恋人なんてあり得ないだろ」

口々に言う陽キャ学生に、背後にいたみらんがムッとした様子で前に出てきた。

「本当よ。彼はあたしの許嫁で旦那さんだから」

そう断言する許嫁のギャルは、俺に腕を組んで身体《からだ》を寄せてくる。それから氷のように冷たい表情で男たちに言い放った。

「あんたたち、マジでないから消えてくれない？」

だいぶイライラしていたのか、怒っているのが伝わってくる。

陽キャ学生たちは一瞬怯《ひる》んだ様子だったが、しかし、依然として通せんぼ状態は変わらなかった。

「ふぅ……」

息を吐く俺は、大きく吸い込む。

この手はできるなら使いたくなかったが、こうなったら仕方ない……！

俺は吸い込んだ息を、思いっきり声にして吐き出した。

「誰かぁ――！　絡まれて困ってまぁす！　助けてください――！」

めちゃくちゃ大声で叫ぶ。

必殺、大声救援作戦だ……！

喧嘩《けんか》がクソ雑魚の陰キャの俺でも声は出すことはできるんだ。

「誰かぁ――！　助けてください――！」

屋台の人や、花火の会場に意識を向けていた人混みの人たちが続々とこちらを見てくる。

叫ぶ俺と、集まる視線に陽キャ学生たちは慌てた様子だった。

「や、やべぇぞ、こいつ！」

どんどん集まる注目――。

強面《こわもて》の屋台の人に声をかけられたことで、陽キャ学生たちは血相を変えて逃げていった。

「すみません、助かりました！」

屋台の人と、こちらに注目していた人たちに俺はヘコヘコとお礼を言う。

「行こう、みらん――！」

そのまま、みらんの手を握って人混みの中に入っていった。

＊＊

今度ははぐれないように……。

しっかりと手を繋いだ俺とみらんは人混みの中を歩いていく。

花火のスポットには行けそうになかったので、ギャル友二人にＲＥＩＮを飛ばしてから、浴衣のお店に戻っているところだった。

「無事でよかった……」

商店街から離れると、人の数はぐっと減って歩きやすくなった。

打ち上げ花火が始まったみたいで、遠くでドンッという大きな音が響き始める。その音と振動を身体で感じていると、みらんのしょんぼりとした声が耳に届いた。

「はぐれちゃって、ごめんなさい……」

それに振り返る俺は、慌てて謝った。

「いや、俺の方こそ……見失ってごめん……！」

俺がちゃんと意識を向けていたら、こんなことにはならなかった……。いや、そもそも手を繋いでいたら、はぐれることはなかったんだ。

もう二度と見失わないように、俺はみらんの手を強く握る。

「…………」

そのままお店の前に到着する。

幸いなことに、遠目ではあるけれど、ここからでも打ち上げ花火を見ることができた。

「今回、あたし、修二に助けられてばっかかだね」

花火を見上げるみらんは苦笑してくる。

その横顔に俺は笑って言った。

「俺は許嫁だから、当たり前だよ。それに、みらんには普段お世話になりっぱなしだし」

「ありがとう、修二……」

振り向いてお礼を言ってくるみらんに、俺は照れ隠しで自嘲気味に言った。

「まあ、欲を言えば、もっとカッコよく助けられたらよかったんだけどね……」

漫画のヒーローのように颯爽《さっそう》と男たちを倒したりできればいいのだけれど……俺ができるのは大声を上げて人を呼ぶという、なんとも言えない手段だ。

思い出すと、さっきの自分の行動がより恥ずかしくなる。

顔を伏せてしまう俺に、みらんはキョトンとした表情で言ってきた。

「さっきの修二、すごくカッコよかったよ？」

「いやぁ……だいぶカッコ悪かったと思うけど……！」

「そんなことないよ」

みらんは真正面に立つと、俺を真剣に見つめてくる。

その綺麗《きれい》な瞳に見つめられ――いつもなら恥ずかしくて視線を逸《そ》らしてしまう俺だが、まるで引力があるように目が離せなかった。

「みらん……ありがとう」

見つめ返す俺に、みらんは微笑《ほほえ》みながら歩み寄って身体を寄せてきた。綺麗な顔が近くなって、心臓が大きく跳ねる。

『キスぐらいしなさいよ！　キスぐらい！』

ふと昨夜の言葉が脳裏に思い出される。

目の前の許嫁。その唇を意識してしまう俺は――。

「みらん……」

つい先ほどまでは、キスなんて全くできる気はしなかった。

しかし、今ならなんだかできそうな気がして――。

「――――」

引力に引き寄せられるように顔を寄せていく。

みらんの息遣いが聞こえて、唇と唇が触れそうになる――その時だった。

「みらーん！」「見つかって安心したよー！」

聞き慣れた声が、花火の音と共に響いてハッと振り返る。今まさに花子《はなこ》さんと阿月《あづき》さんが息を切らしてやってくるところだった。

「――――!?」

我に返る俺は、みらんからさっと顔を引く。

「あれ、アタシら、もしかしてお邪魔だった……?」

「阿月、うちら二人で花火見よう」

俺とみらんの様子を見たギャル友二人は、顔を見合わせて引き返していく。

「ちょ、ちょ、待って！　そ、そんなことないよ！」

いろんな意味で気まずくなる俺は、慌てて二人を引き留めに走った。

キスができなくて残念な気持ちはあるが……さっきのは勢いというか――。

みらんが俺とキスしたいと思ってくれていたかどうかは、今となっては判断しかねるので、ある意味二人がやって来てくれて良かったのかもしれない……。

それから、しばらく四人で路地から花火を見上げた。

遠目でも花火はとても綺麗で――。

昔、一人で見上げた打ち上げ花火よりも色鮮やかに見えた気がした。

「修二《しゅうじ》、今度は二人きりで旅行に行きたいね」

花火を見上げる中、みらんがそんなことをこそっと耳元で言ってくる。

みらんの顔が耳まで赤く見えるのは、花火の光のせいなのか、日焼けのせいなのか——。

「そ、そうだね……」

とりあえず頷《うなず》いた俺は、顔が花火よりも熱くなった。

今までの夏休みには、これといった思い出はなかった——。

しかし、ギャルの許嫁《いいなずけ》が旅行に連れ出してくれたおかげで、俺の中に鮮やかで大きな思い出ができたのだった。

旅行後の俺はしばらく虚脱状態だった。

もちろん旅行は楽しかったし、今までにない思い出になったのは事実だが……根っこからのインドア陰キャであるので、行動力を消費した反動が大きかった。

それに旅行から帰る時のダメージも大きかった。

みんなで花火を見終えた後、浴衣を返し、行きと同じく電車で帰宅したのだが——お祭りに参加した人の帰宅ラッシュでずっと詰め詰めの満員電車。みらんたちは、それも楽しんでいる様子だったが、人混みアレルギーの俺にはなかなかに大変だった。

「………」

まあそんな濃密で濃厚な二日間を送ったわけだが、今は朝から晩までスカスカのスポンジのようにだらだら過ごしていた。

夏休みの宿題はちまちま進めているが、あまり手に付かない。新しく買ったゲームもやり込まず積んでいた。

「みらん……」

そんな中、頭に思い浮かぶのは許嫁のギャルの姿だった。

俺の今の虚脱状態の理由だが、旅行の反動と……もう一つ原因があるんじゃないかと、最近、自己分析していた。

「…………」

その原因とは——みらんとしばらく会っていないこと……。

学校がある時は、毎日のように顔を合わせられたが、夏休みになると予定を作らないとなかなか会うことができない。ＲＥＩＮでちょこちょこ連絡はし合っているが……旅行でかなり濃密なみらんとの時間を過ごしてしまったので、禁断症状的なものが出ているのかもしれなかった。

「そろそろ……みらんをデートに誘おうかな……」

そうスマホを取り出すものの、しかし、何も打ち込まずに少し考え込んでしまう。

実は最近、その行動を幾度となく繰り返してしまっていた。

というのも——みらんを誘うことに遠慮してしまう自分がいた。

今は夏休みで学校という制限がない分、いつでも、いくらでもみらんをデートや遊びに誘うことができてしまう。

旅行という特大イベントにこの前行ったばかりなので……次のイベントにどれぐらいイ

ンターバルを置けばいいのか、万年ボッチだった俺にはわからなくて――。

誘いすぎてウザがられないか心配だった。

「もうちょっと日を置いた方がいいかな……」

そうスマホの画面を一度閉じる俺だったが――八月のカレンダーと睨《にら》めっこして「やっぱり誘おう」とスマホを開いた。

俺のことなので、このままだと何もしないまま夏休みを終えてしまうなんてこともあり得る……！

それに何より、みらんに会いたい気持ちは大きかった。

「どんなお誘いがいいかな……」

意を決したはいいものの、またも考え込んでしまう。

旅行の内容があまりにも刺激的すぎたので、普通のショッピングや遊びでは物足りないのではないかと思ってしまった。

そもそも俺が考えられるデートの内容にネタ切れ感があるというか――。

自分のレパートリーの少なさを改めて感じつつ、うんうん唸《うな》る。

「やっぱり夏休みらしいことをしたいよな……」

なんて頭を悩ませながら呟《つぶや》いた時だった。

「――ん!?」

みらんからメッセージが届き――俺はハッとして反応した。

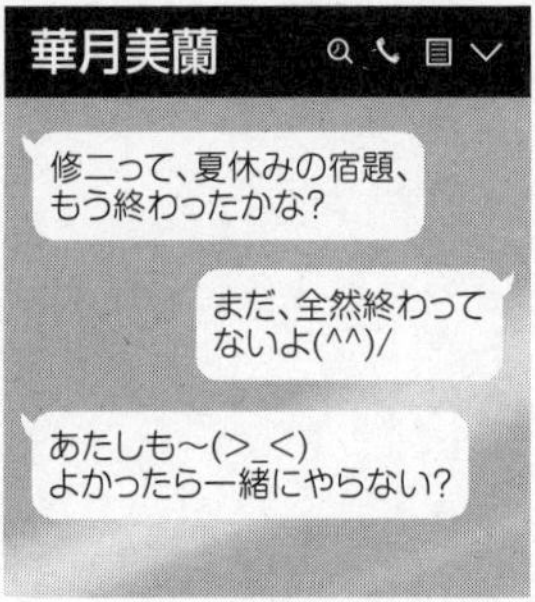
華月美蘭
修二って、夏休みの宿題、
もう終わったかな?
まだ、全然終わって
ないよ(^^)/
あたしも~(>_<)
よかったら一緒にやらない?

「一緒に夏休みの宿題か……！」

みらんと会えるし、宿題もできる……！

しかも、いかにも夏休みらしいことのような気がする！

そんなパーフェクトプランのような内容に、俺は前のめりになった。

本当は俺から誘えた方がよかったが……みらんから誘ってくれたことが嬉《うれ》しくて、ウキウキしながらＲＥＩＮの返信をする。

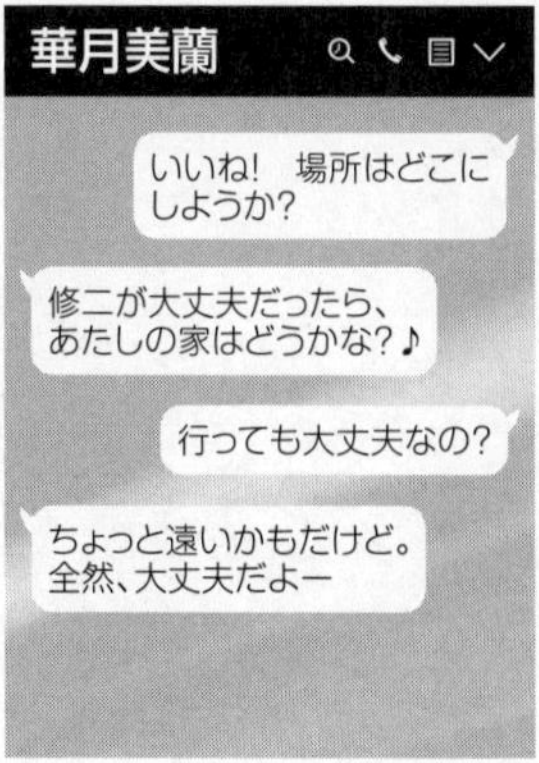
華月美蘭
いいね!　場所はどこにしようか?
修二が大丈夫だったら、あたしの家はどうかな?♪
行っても大丈夫なの?
ちょっと遠いかもだけど。全然、大丈夫だよー

「み、みらんの家……!?」

返信する俺は、手が震えていた。

俺の家にはみらんは来たことがある。というか、両親の無茶ぶりで少しの間一緒に生活をした。

しかし、みらんの家には、まだ行ったことがなくて――。

「どんな家なんだろう……」

好奇心と同時に、ドキドキとした緊張が胸に湧く。

許嫁のギャルの家や部屋は、どんな感じなのか想像できるようでできなかった。

そんなドギマギした状態で、みらんといくつかメッセージをやり取りし――。

「明日か……」

早速、明日の昼過ぎに行くことに決まった。

スマホを机に置いた俺は、ついさっきの虚脱状態が嘘《うそ》だったように、テキパキと明日の準備に取り掛かる。とはいっても、宿題と筆記用具を用意するだけなのだけど。

今からそわそわと緊張してしまうが、楽しみな気持ちもやはり大きくて……。

「宿題してなくてよかった……！」

今まで、夏休みの宿題をやっていなかったことに後悔することはたくさんあったけれど、やっていなかったことに初めて感謝した瞬間だった。

＊＊

翌日の昼過ぎ――。

俺はバッグを持って家を出発し、みらんの家へと向かっていた。

マップで住所を確認しながら、電車に乗り、ごとごとと揺られていく。

「みらんの家って……学校から遠いよな」

許嫁の家の位置を調べたのは今日が初めてではない。今までに何度となく調べたことがあった。

もちろん、やましい気持ちとかじゃなく……！　デートのプランを考える時の参考として！

結構離れたところに住んでいるというイメージはデータで見てぼんやり抱いていたが、実際に自分の身で移動してみると、改めてその遠さを実感した。

学校の日の朝とか、俺よりも一時間以上は早く起きて家を出ないといけない気がする。

「………」

そんなことを考える俺の中で、ふと疑問が湧いた。

どうして、みらんは今の高校に通おうと決めたんだろう……？

俺自身は、家から近いから、というなんの変哲もない理由で、今の高校に決めたわけなのだけど……。

みらんなら、家に近い高校は普通に通えた気がする。なんならもっと良い高校に通えたと思う。

俺たちの高校は、めちゃくちゃ平々凡々な高校なので、わざわざ通学に時間をかけてまで通う価値があるか少し謎だった。

「もうすぐかな……」

そんなことをぼんやり考えながら電車の窓の外で流れていく景色を眺めていると、目的の駅に到着した。

「修二《しゆうじ》ー！」

改札へ向かうと、明るい髪色のギャルが手を振って出迎えてくれた。相も変わらず服装はオシャレで、駅の人たちの視線を集めていた。

「わざわざ、迎えに来てくれてありがとう……！」

改札を出た俺は、久しぶりの許嫁《いいなずけ》の姿にドギマギしながら挨拶をする。

「ううん、こちらこそ来てくれてありがとう」

ニコニコと笑顔を向けてくるみらん。

改めて、今からこの女の子の家に行くことを意識してしまう俺は、緊張で汗が噴き出てくる。慌ててハンカチで汗を拭い自分を落ち着かせていると、みらんが顔を覗《のぞ》き込んできた。

「修二、すっかり日焼けしたね」

「旅行の時に……太陽をたっぷり浴びたからね。家に帰ってから大変だったよ」

家に帰ってから肌が赤く突っ張り、痛くて大変だった。みらんに日焼け止めを塗ってもらっていなければ、もっとヤバかったかもしれない。

「みらんはそんなに焼けてないね」

俺を覗き込む許嫁の顔は、ほぼいつも通りの美白だった。

「顔は日焼け止め、何度も塗ったからね。でも、他のところは結構焼けたよー、ほら」

袖をまくって腕や肩を見せつけてくるみらん。

全然白いうちだが、顔と比べると確かに小麦色に焼けていた。

何か感想を言うべきだと思ったが、みらんの肌を間近で見たことで心拍数が跳ね上がり、またも汗が噴き出てしまう。

慌ててハンカチで汗を拭うと、みらんは俺の手を取って引っ張った。

「今日、暑いよねー。早く家に行こっか」

「よ、よろしくです……！」

そのままみらんに手を引かれて、歩いていく。

駅周辺のお店を眺めつつ住宅街に入り、それからしばらく進んでいると——みらんが少し照れ気味に一軒の家を指差した。

「あそこだよー！」

「あ、あれがみらんの家か……」

近付きながら家を見つめる。

今まで人の家に興味を抱くことがなかったというか、アレコレ感想を抱くことがなかったので、必死に言葉を手繰り寄せていく。

こう言うと変かもしれないが……みらんが住んでいることをイメージできるオシャレな家だった。

鮮やかだけれど奇抜ではない上品な壁に、庭には花も植えられていて、凄《すご》く建物の雰囲気として爽やかさを感じる。

「凄く綺麗《きれい》な家だね……！」

地味で平凡な俺の家とは全然違うな……！

比較しながら感想を口にすると、みらんは照れながら謙遜してきた。

「全然、そんなことないよー！」

これで綺麗じゃないのなら、俺の家はお化け屋敷だな。

なんて野暮な冗談は口にせず……みらんに招かれるまま玄関へ向かう。

「さぁ、入って入ってー」

「お、おおお邪魔しますっ……！」

鍵を開け家に入っていくみらん。

それに続く俺は、背筋をガチガチに正して中に入った。

玄関から見える家の中は壁も床も綺麗で、フローラルのいい香りが広がっている。

許嫁の家にやって来たことを実感する俺は、さらに恐縮してしまう。

「ご、ご両親に、ご挨拶を……！」

緊張して言う俺に、みらんが靴を脱ぎながらくすくすと笑った。

「お父さんは仕事だし、お母さんは出かけていていないから、そんなに固くならなくて大丈夫だよ」

「そうなんだ……」

てっきり、どちらかはいると思っていたので少し安堵《あんど》する——が、すぐに違う緊張で身を固くする。

「え、ということは——」

つまり……家の中でみらんと二人きり、ということ……!?

フリーズする俺だが、みらんに「どうしたの？」と首を傾《かし》げられたので、慌てて首を振った。

「な、なんでもない……！　お、お邪魔します……！」

二度目の挨拶をし、家に上がる俺。

　二人きりで家で生活したこともあるし、今更そこまで意識することでもないか……と自分に言い聞かせるが、そわそわして仕方なかった。

「宿題だけど、あたしの部屋でいい？」

「は、はい……！」

　がくがくと頷《うなず》く。

　みらんに案内されるまま階段を上がり、二階の部屋の前までやって来る。白いドアを見つめる俺は、確認を込めて訊《たず》ねた。

「こ、ここがみらんの部屋？」

「うん！　ちょっと散らかってるかもだけど」

　みらんは、ドアを開けて中に入っていく。それに続いて中に入ろうとした俺だったが、自分の足が震えていることに気付いた。

　女子の家に来たこと自体初めてで――もちろん、女子の部屋に入るなんていうのも初めてなわけで……。

　禁断の領域に今から足を踏み入れるような感覚がして、緊張を通り越しもはやビビっていた。

　しかし、ここで震えながら突っ立っていても仕方ない。みらんに変に思われてしまう。

「し、失礼します……！」

俺は気を引き締め挨拶をしながら、みらんの匂いがする部屋へ入室した。

「――――」

ここがみらんの部屋……！

好奇心に駆られるまま部屋を見渡す。

なんとなく、みらんの部屋は『派手』なイメージがあったけれど、意外に落ち着いている感じだった。可愛《かわい》い色合いの家具や小物は多いが、しっかり整理整頓されていてさっぱりとしていた。

「恥ずかしいから、あんまりじろじろ見ないで……！」

「ご、ごっごめん！」

恥ずかしがるみらんに、俺は慌てて視線を逸《そ》らす。とは言っても、どこを見てもみらんの私物があるのでどうしようもない。

部屋の真ん中に白いローテーブルがあり、その上に宿題の本が置いてあったので、俺はとりあえずその本と睨《にら》めっこすることにした。

「いま飲み物、持ってくるから、そこに適当に座ってて。コーヒーか紅茶、どっちがいい？」

「全然お構いなく……！　手軽なやつで！　というか、あ、これお土産……！　家族で食べてって俺の親から！」

家を出る前に持たされていたお土産を思い出した俺は、バッグから取り出してみらんに手渡す。

「うわぁ、ありがとう！　ちょっと待っててね！」

お土産を受け取ったみらんは、ニコニコとした笑みを浮かべて飲み物の用意をしに部屋を出ていってしまった。

「…………」

そうして一時的に許嫁の部屋で一人になってしまった俺。

待つ間、そわそわが止まらなかった……！

部屋のいろんなモノが目に入って、もっと近くで手に取って見てみたいという衝動が押し寄せてくる。

「落ち着け俺……！」

ここは完全なプライベート空間だし、もちろんそんなことしてはいけない！

部屋の中を見れば見るほど好奇心と誘惑に駆られてしまうので、俺は再度、目の前のローテーブルに視線を固定する。下手に動いて何かを漁《あさ》っていたとか勘違いされてもいけないので、俺は座ったまま背筋を正して微動だにしなかった。

「お待たせー」

と、みらんがお盆を持って戻ってきたことで、俺の呪縛は解かれたが、若干もうすでに疲弊していた。

「修二が来るから、親がケーキ買ってきてて」

紅茶を淹《い》れてくれたみたいで、高そうなショートケーキも付いていた。

「あ、ありがとう……！　わざわざ申し訳ない！」

ローテーブルに並べられるカップも、お皿もオシャレで恐縮してしまう。

その中で、ティータイムが始まるが、環境も相まって俺は何を喋《しゃべ》ればいいのかわからくなっていた。

「………」

挙動不審気味に目が泳ぐ俺に、みらんが首を傾げてきた。

「あたしの部屋、変かな？」

「い、いや、全然変じゃないよ……！　綺麗だし、オシャレだよ！」

「そう言ってもらえて、よかった！　でも、いつもは散らかってて……。今日は頑張って掃除したんだ」

照れたように笑うみらん。

俺は、ふと、みらんと一緒に住むことになった時に行《おこな》った部屋の掃除の大変さを思い出す。まあ俺の場合は、ほとんど模様替えに近かったが――。

みらんが今日、俺を呼ぶためにいろいろと準備してくれたことを感じ入り、有り難いという感情が湧き上がってきた。

「みらん……誘ってくれてありがとう」

俺は頭を掻《か》きながらお礼を言う。

許嫁《いいなずけ》とはいえ、プライベートな空間に招いてもらえるなんて光栄なことだと思った。

「こちらこそ、来てくれてありがとう♪　前から修二《しゅうじ》を家に呼びたいって思ってて、叶《かな》ってよかった」

嬉《うれ》しそうに言う許嫁に俺は心が洗われた気分になる。

家に二人きりだとか、女子の部屋にドキドキするとか……そういう邪念は捨てて、みらんが招いてくれた気持ちに報いなければと強く思う！

みらんが今日、家に誘ってくれた目的――。

そう！　夏休みの宿題を頑張らなければ！

「よし、俺、頑張るよ……！」

気合を入れる俺は、ティータイムの後、今日の本題である宿題タイムに全力で取り組んだ。

「修二、すごい気合いだね！」

環境に気が逸れてしまわないか不安だったけれど、みらんに驚かれるぐらい俺は集中することができた。

＊＊

「ふぅ、結構進んだねー」

みらんが大きく伸びをしたのに合わせて、俺の集中も終わりを告げた。

気付けば結構な時間が経過しており、窓から見える陽《ひ》は傾き始めていた。

「何か飲み物持ってくるねー」

「ありがとう、みらん……」

部屋を出ていくみらんを見送った俺は、息を吐きながら体勢を崩す。

かつてないぐらい集中することができたけど、身体《からだ》がガチガチになっていた。

「…………」

首や肩をほぐしながら部屋を見渡す。

時間を過ごしただけあり、当初に比べてだいぶ、許嫁の部屋の空間に慣れている自分がいた。

「ここでみらんは生活してるんだよな……」

緊張が落ち着いた今、改めて、感慨深くベッドやチェストや机などを眺める。

そうしていると、ふと、激しく好奇心をくすぐるモノが目に留まった。

それは、机の本棚の一冊――。

「卒業アルバム……!?」

中学校の名前が記載された卒業アルバムがあった。

「凄《すご》く気になる……！」

小さい頃、俺とみらんは両親同士の旅行でよく会っていた。

しかし、親の仕事の都合で会うことはなくなり――俺たちが再会したのは高校生になってからだった。

俺の記憶では幼い頃のみらんはもっと落ち着いた地味なイメージだったが、再会した時には言われるまでわからないぐらいキラキラのギャルになっていたわけで――。

「みらんって、いつからギャルなんだろう……」

昔と今を知っている分、その間の期間がどんな姿だったのかとてもとても気になった。

「………」

みらんが戻ってくる前にチラッとだけ見ようかな……。

なんて、魔が差して腰を浮かせた瞬間――。

「お待たせー」

と、件《くだん》のギャルが部屋に戻ってくるので、俺は腰を変な方向へ捻《ひね》ってしまった。

「どうしたの？」

腰を押さえる俺に、みらんは麦茶とコップをテーブルに置きながら訊ねてくる。

「いや、なんでも……」

と、慌てて首を振るが、俺の変化に聡《さと》い許嫁は首を傾《かし》げた。

「何か机に気になるモノあった？」

「い、いや、あの……」

みらんの勘が鋭いのか、俺が隠すのが下手なのか……許嫁のギャルはピンポイントで机に振り返るのでドキッとしてしまう。

なんかほとんどバレてるし、下手に隠しても意味がないと感じる俺は、正直に言った。

「机の卒業アルバムが少し気になったんだ……」

「ああ、卒アルねー！」

明るい表情で手を叩《たた》くみらん。

みらんはそのまま机の本棚から中学の卒業アルバムを引き抜いたかと思えば……何の躊躇《ためら》いもなく俺に差し出してきた。

「見る？」

「い、いいの!?」

「別に見られて困るモノじゃないし」

「じゃ、じゃあ、お借りします……！」

有り難くアルバムを受け取った俺は、テーブルに置いてゆっくりと開く。

ちなみに最初に開いてみたページは一番後ろの寄せ書きのページだった。予想はしていたが、めちゃくちゃたくさんのメッセージが書き込まれていてほぼスペースがなかった。

「凄いメッセージの数だね……！」

俺の卒業アルバムの寄せ書きなんて、学校の先生からのメッセージしか書かれていないのに……！　高校と同じく、みらんは中学時代からも人気者であったことが窺《うかが》えた。

「書いてくれるのって嬉しいよねー」

俺の隣に腰かけたみらんが、寄せ書きを見つめて感慨深く呟《つぶや》く。

「そ、そうだね……」

真っ白なページに、先生が苦笑いを受かべながらメッセージを書いてくれたことを思い出す俺は頷《うなず》いた。

お互いにイメージの相違がある気がするが、とりあえず、気を取り直して最初のページから開いていく。

パラパラとめくった感じ、女子生徒が多い印象だった。

「…………」

クラスのページをめくっていく俺は、早速、目当ての人物を見つけて手を止める。

そこに写っているのは、もちろん、今隣にいる許嫁の女の子で――。

今と雰囲気が違っていてわからなかったらどうしよう……と少し不安に思っていたが、全くの杞憂《きゆう》だった。

「みらん、すぐにわかるね」

アルバムに写っているみらんは、今とそこまで変わらなかった。

強いて違いを言うなら、綺麗《きれい》よりも可愛《かわい》い印象の方が強い感じだろうか。

幼さが少し残っている顔にニコニコとした笑みを浮かべて写真に写っていた。

「みらん……可愛いね……」

写真を見つめて無意識に言葉が出てしまう。中学ですでに、みらんはあか抜けてキラキラしていた。

「恥ずかしいから、あまりじっくり見ないで……！」

手でアルバムが覆われてしまう。

華月　美蘭

見ると隣のみらんは顔を赤くしていて――。

「ご、ごめん……！」

先ほど自分が口にした言葉に遅れて気付き、顔が熱くなってしまう。とりあえず謝る俺は、わたわたとアルバムをめくる。

めくっていくと、いろんなイベントでの写真になり、あちこちに女友達と楽しそうにしているみらんが写っていた。

俺なんて、学校行事の写真でほとんど写っていなかったというのに……！

まあ、それは置いておいて……許嫁の女の子が中学校でも青春を謳歌《おうか》していたことが伝わってきて、自然と楽しい気持ちになった。

「懐かしいなー」

隣でアルバムを覗《のぞ》いていたみらんが微笑を浮かべて呟く。

「みんな元気かなぁー」

と、写真を見ながら遠い目をするみらんに、俺は訊《たず》ねた。

「今の高校には……中学の同級生はどれぐらいいるの？」

「ん～距離が離れてるのもあって、同じ高校に進学した子あまりいないんだよねー」

「そうなんだ……」

今日の移動中に感じた学校との遠さを思い出しながら、俺は頷く。

どうして、今の高校にしたんだろう……？

電車の中で抱いた疑問が再燃する。

訊ねようとして――みらんがニコニコと写真を指差した。

「でも、この子と、この子と、この子とは今もよく遊びに行ってるし、この子とはよくRＥＩＮしてて、この子とはこの前――」

みらんは、結構な人数の友達と今も繋《つな》がっているみたいで、思い出や近況をいろいろと教えてくれる。

俺としては中学時代の友達と今も繋がれていること自体に驚いてしまう。

俺なんて、同じ高校に通っている奴《やつ》以外、ほとんど顔を思い出せなかった。

「みらん、中学から凄く友達が多いね。逆に……苦手だった子とかいる？」

今思えば、ちょっと意地悪な質問だったかもしれない。

俺の知らない時代の交友関係……。それを楽しそうに語る許嫁の顔。

中学時代の同級生たちに少しだけ嫉妬してしまう俺は、気付けばそんなことを訊《き》いていた。

「ん～」

難しそうな顔をするみらん。

しばらく考え込むみらんは、「苦手ってわけじゃないけど」と、前置きをしてから写真のある人物を指差した。

「この子とかは、突っかかってくることが多かったかも……？」

みらんにそんな人がいたんだ……！

訊いておいてなんだが、驚きを覚えつつアルバムを見つめる。

みらんが指差した人物は──少し地味な女子だった。

顔立ちは綺麗だけれど、印象に残らない……そんな感じの女子だった。まあ……俺が人の見た目をとやかく言えた立場ではないけど！

「突っかかってくる理由とかってあったの……？」

「んーわからない。あたしが知らないうちに気に障ることしちゃってたのかも？　この子とは最後まで仲良くなれなかったな」

しょんぼりとするみらん。

その表情を見て、最初の質問自体がネガティブでよくなかったとようやく気付く俺は、慌てて言った。

「まあ、中にはそういう人もいるよ……！　俺も中学時代、クラスとか学校の人気者は眩《まぶ》しすぎて距離取ってたし……！」

実際には陽キャたちに絡まれるのが面倒臭かったから、というのが大きいが……。今思えば、人気者への憧れからくる僻《ひが》みもあったのかもしれない。

そんな俺のフォローになったかどうかわからない言葉に、みらんは表情を少し変えた。

「修二《しゅうじ》の中学時代……！」

呟いたみらんは、興味津々で俺に前のめりに言ってきた。

「今度さ、修二の卒アルも見せてよ！」

ギャルの卒アルとの圧倒的な情報の格差を感じる俺は慌てた。

「いや、俺のはマジでなんの面白味もないよ。写ってる写真少ないし！」

「えーめちゃめちゃ、見たい！」

しょんぼりから一転し、目を輝かせるみらん。

そのキラキラとした瞳に見つめられ――。

「わ、わかった……今度、見せるよ……」

俺は頷くしかなかった。

「ホント!?　楽しみー！」

嬉《うれ》しそうにさらに顔を寄せてくるみらんに、俺はドキッとしてしまう。

今更だが――一緒にアルバムを見ていたので、みらんとの距離が物凄く近かった。

お、落ち着け俺……！

写真に向いていた意識が急激に、間近に迫っているみらんの身体《からだ》や、息遣いに向き――

心拍数が跳ね上がる。

「どうしたの修二？」

たぶん、俺が意識しているのは伝わっていると思う。

距離を取ろうとぎこちなく身体を逸《そ》らす俺に、許嫁《いいなずけ》のギャルはイタズラげな笑みを浮かべて距離を詰めてきた。

そ、そっちがその気なら……！

動揺する俺だが、胸にちょっとした反抗心が湧く。

「みらん……！」

一瞬ギュッと抱きしめて驚かせてやろう！

なんてイタズラ心に突き動かされて、みらんの身体に腕を回しかけた時だった。

ガチャッ――！

「――――!?」

一階から玄関扉が開く音が響いて、俺は毬玉《まりだま》が跳ねるかのように許嫁から距離を取った。

ドアの方へ振り返ったみらんは、どこか名残惜しげに言ってきた。

「お母さん、帰って来たみたい」

「そ、そそそうなんだ……！　あ、挨拶しないと」

俺は今、何をしようとした……!?

瞬間的なイタズラ心に流されて、なかなか大胆なことをしようとした気がする……！

結局は未遂で終わったが、みらんのお母さんに挨拶するのに少し気が引けた。

「お邪魔してます……！」

それでも、立ち上がり自分を落ち着かせた俺は、みらんと一緒に挨拶しに一階へ下りる。

「修二君、いらっしゃい！」

みらんのお母さんと会うのは許嫁の挨拶の時以来で、俺は終止、恐縮した。

「いまご飯作るわねー。食べていくでしょ？」

「あたしも手伝う！」

そのまま夕飯をご馳走《ちそう》になることになり——リビングのテーブルには、みらんとお母さんの合作の豪華で美味《おい》しい料理が並んだ。

＊＊

夕飯を終え帰宅する頃には、だいぶ空は暗くなっていた。

大丈夫だと断ったが、みらんが見送ってくれることになり、駅まで一緒に歩いていた。

「なんか夏休みあっという間だねー」

みらんの言葉に俺は大きく頷いた。

「そうだね……学校のある日は、一週間が長いのにね」

本当に、この現象には気が滅入《めい》る。

加速しながら近付きつつある夏休みの終わりに気を重くしていると、みらんが訊ねてきた。

「修二は、どこか行きたいところとかない？」

「行きたいところ？　ん〜行きたいところかぁ……」

すぐにはパッと浮かばなくて、考え込んでしまう。

みらんが許嫁になる前は、休みの日はほぼ家で過ごしていたので外の行先のレパートリーが少なすぎた。

それが最近感じているデートプランのネタ切れに直結していると思う……。

極論、みらんと一緒ならどこでもいいと思っているけど……その返答だと丸投げみたいで質問の答えとしては微妙な気がする……。

悩みながら俺の中の少ない引き出しを必死に掻《か》き回している時だった。

「――――？」

ふと――視線を感じる。

振り向くと駅の方から、明るい色の髪を後ろで結んだ女の子にジッと見られていたような気がした。

「どうしたの？」

「いや――」

女の子は目が合うとすぐに移動してしまったので、特に俺は気に留めなかった。

それよりも振り向いた先の駅前に貼られていたポスターに目が留まった。

「行きたいところ……映画とか……？」

ポスターは映画の告知で、たくさんの作品のものが貼られている。

興味を引かれて口にすると、みらんが話に飛び付いてきた。

「映画いいね！　何か観《み》たい映画ある？」

「そ、そうだね……」

言ったはいいものの……そもそも映画館にはあまり行かないし、行ったとしても観るモノは偏っていた。

ギャルと二人で観るとしたら何がいいんだろう……？

ポスターを見ながら頭を捻《ひね》っていると、そのギャルがニコニコと指差した。

「修二、あれ観たいんじゃない？」

綺麗《きれい》な指先が指し示すのは、オリジナルのアニメ映画のポスターで――。

まさに図星だった。

「い、いやまあ……確かに、そうだけど」

「じゃあ、一緒に観よう！」

躊躇《ためら》いなく提案してくれることに有り難く思う。

しかし、よく見るとその映画は夏休みが明けてからの公開で——休みの間にもっとみらんと会いたいと思う俺は照れながら違う提案をした。

「公開はまだまだ先みたいだから、みらんが観たいのを先に一緒に観るのはどうかな？　せっかくの夏休みだし……！」

そう俺が言うとみらんは目を輝かせた。

「いいの!?　どれがいいかなー」

嬉しそうにしばらくポスターを眺めるみらん。

ふと——その許嫁がくすくすと笑ったかと思うと、ぽつりと俺に言ってきた。

「実はね、昨日、修二を誘った時、ちょっと不安だったんだー」

「不安……!?」

思わぬ言葉に驚く俺に、許嫁のギャルは頷《うなず》いた。

「修二、外あまり好きじゃないし、遊びとかに誘いすぎると嫌われちゃうかなって」

「そ、そんなことないよ！」

慌てて首を横に振る。

確かに外は苦手だけど——そんなことでみらんを嫌いになるなんてことは絶対にない。

むしろ、と俺は最近自分が抱いていた想《おも》いを伝えた。

「俺の方こそ、夏休み……誘いすぎたらウザがられないか心配だったんだ」

目をぱちくりさせるみらんは、苦笑しながら言った。

「そんなこと思わないよー！　どんどん誘ってくれて大丈夫だから！」

「俺も気にせず誘ってくれて大丈夫だから……！」

みらんと顔を見合う俺も苦笑してしまう。

許嫁のギャルが似たことを考えていた思うと……嬉しいような、くすぐったい気持ちになった。


何かを決めるのに相当時間がかかってしまう俺とは対照的で、陽キャの許嫁のフットワークは軽いというか……。観る映画が決まると、そのままあれよあれよと日取りや時間もその場で決まっていった。

なんなら、他の遊ぶ日の候補もいくつか暫定的に決まった。

こんなに遊ぶ予定が入った夏休みは初めてかもしれない……。

予定が入りすぎると気鬱になる陰キャの俺だが、その遊びの相手は許嫁なので心躍った。

「じゃあ、また映画で！　気を付けてね」

みらんに手を振られて、改札へ向かう。

「みらんも、帰り気を付けて……！」

そう手を振り返して改札を通ろうとした時だった——。

「——ん？」

ふと、また視線を感じる。

人からの視線には誰よりも敏感な陰キャアンテナが作動し、振り返ると——。

「……？」

後ろ髪を縛ったポニーテールの女の子が、物陰からジッとこちらを見つめてきているような気がした。

……さっきと同じ子？

遠くて顔はよく見えないが、先ほど視線を送ってきていた女の子と同じような気がする。

しかし、俺と目が合うとすぐに人混みに紛れて去ってしまったので、ちゃんと判断できなかった。

「気のせいか……？」

美人ギャルのみらんならまだしも、こんな俺みたいな陰キャオタクを、わざわざ遠くから見る意味が思い付かない。物珍しいから見ていたというのなら、あり得るけど。

もしくは……オバケ、とか？

そう考えると、少し背筋が寒くなった。

「修二《しゅうじ》、どうしたの？」

「い、いや、なんでも――！　じゃあ、また！」

改札前で挙動不審になる俺を心配するみらんに、慌てて手を振る。

改札を通った俺は、みらんにもう一度手を振ってから帰宅したのだった。

それから夏休みの間は、大きな問題はなく――。

許嫁のギャルと遊び尽くすという、人生で一番の充実した夏休みを送った。

新学期の始まりを告げる、始業式――。

「眠い……」

俺は目をこすりながら気だるく登校した。

この夏休みは充実していただけに今までの中で一番早く終わった気がする。昼に起きることが多くなっていたので、生活リズムを戻すのにだいぶ苦労しそうだった。

「…………」

久しぶりの教室に入ると――ほんの少し懐かしさを感じる。

夏休みの宿題を急いでやっている生徒や、真っ黒に日焼けして談笑している生徒たちを尻目に、俺は自分の机へ向かい、早速いつも通りの寝たふりをする。

ひんやりとした机の感覚が突っ伏した身体《からだ》に伝わり……学校が始まったという感じがした。

「ふぅ……」

しかし、今日は本当に寝てしまいそうだ。

うとうとしていると、聞き慣れた女子二人の元気な声が教室に追加される。

視線をチラリと向けると花子《はなこ》さんと阿月《あづき》さんだった。旅行以来会っていなかったが、かなりこんがり日焼けしていた。

「彼ピおはよう！」

「久しぶりじゃん！」

二人から元気に肩を叩《たた》かれた俺は上体を起こす。

「おはよう……」

朝からテンションの高いギャル二人にくらくらしながら挨拶を返すと、二人は少しゲスな笑みを浮かべて訊《たず》ねてきた。

「夏休み、あの後どうだった？」「みらんと何か進展あった？」

質問の意図がわからず、俺は首を傾《かし》げる。

「えっと……みらんの家で一緒に宿題をしたり……映画観たり、喫茶店に行ったり、いろいろと遊んだよ」

「「それで？」」

「そ、それだけだけど……」

答えると、二人から呆《あき》れた顔をされた。

「結局、キスもしなかったの？」

「キ——!?」

花子さんに投げかけられ、俺は旅館での話を思い出し赤面してしまう。

慌てて周りを見るが、幸い誰も聞いていないようだった。というか、始業式の朝っぱらからする話じゃない気がする……！

「し、しなかったけど……」

咳払《せきばら》いで誤魔化しつつ、小声で答える。

夏休みの間、みらんといろいろ遊んだり出かけたりしたが、手を繋《つな》ぐこと以上のことはなかった。ただ……全く意識しなかったわけではない。

もちろん、俺だってキスをしたいという欲はある。

しかし、じゃあ……みらんはどうなのか？　と考えると自信がなくて——。

わざわざ、俺とキスしたい？　なんて訊《き》くのもアレだし……そういう進展的な意味では現状維持だった。

そんな俺に、二人が嘆息してさらに何か言ってこようとしたが——。

「おはようー！」

と、廊下の方から涼しげで明るいギャルの声——みらんの声が響いてきて、二人は話を打ち切るように俺から去っていった。

嵐が去ったような気分で俺は再び机に突っ伏す。眠気は吹っ飛んでいた。

「………」

教室に入って早々にクラスメイトたちに囲まれ挨拶を交わす人気者の許嫁《いいなずけ》の姿を見やる。

久しぶりの制服姿は新鮮に映って胸が高鳴った。

「修二、おはよう！」

「おはよう……！」

みらんに肩を突かれて、俺は上体を起こす。

休みの間、幾度となく会ったが、学校で顔を合わせるのは久々なので少し照れてしまった。みらんも同じ気持ちなのか、はにかんでいた。

キス云々《うんぬん》は置いておいて、夏休みの間でみらんとさらに仲良くなれたのは確かだった。

「今日、早く学校終わるし、帰りに花子たちと一緒にカフェか、カラオケ行く？」

「いいね……！　俺、アニソンしか歌えないけど」

みらんに誘われコクコクと頷く俺は、ふと、即答できている自分に少し驚いた。

一学期は誰に見られても恥ずかしい紛《まが》うことなき陰キャオタクの俺だったが……ギャルの許嫁のお陰で、確実に陽キャ文化への理解や対応力が自分の中で深まったことを感じる。

それに——夏を一緒に過ごしたことでさらに成長できた気がした。

「………」

二学期の俺は一味違う……！

今ならどんな陽キャ文化でも、陽キャスポットでも、軽くいなせそうだ！

そう調子に乗った数日後だった——。

＊＊

「ポケットからキュンネコです！」

「それ古くなーい？w」

教室の中で、陽キャ生徒たちの騒がしい声が響く。

いつものごとく寝たふりをしながら視線を向けると——陽キャ生徒たちが変なポーズを取ったり、踊ったりしている。

それ自体は陽キャの習性としてよくあることではあるのだが……陽キャ生徒たちはその奇行をスマホのカメラで収めることに夢中になっていた。

「このエフェクトヤバくない？ｗ　使ってみたら？」

「あの流行《はや》ってる音楽でやってみようぜｗ」

そんな声が教室の違うところから聞こえてくる。

視線を向けると、同じように自分たちの奇行をスマホで撮っている陽キャたちの光景が広がっていた。

俺は気だるさを覚える。

陽キャたちがやっているのは、ショートビデオを撮って公開するアプリ『ネッコトック』。

夏休みが明けてから、学校でネッコトックを撮ることが陽キャたちの間で大流行していた。

「…………」

ゲラゲラ笑いながらネッコトックを撮っている陽キャたちを、俺は寝たふりをしながら冷ややかに見つめる。

どんな陽キャ文化でも軽くいなせそうだと思ったけど——ごめん、やっぱり無理だった！

目立つことを極力避けてきた陰キャの俺としては、自分たちの動画を不特定多数に観《み》られる場に公開する意味がわからない。

陽キャ文化への理解を深めたつもりだったが——ネッコトックに関しては何がいいのか

俺には全くわからなかった。

「はぁ……」

騒がしい教室に嘆息する。

まあ、陽キャは熱しやすく冷めやすいので、このブームそのうちに終わるんだろう。

「………」

陰キャとしては、このままネッコトックには関わらないでおきたい。

そう願うのだが、俺には陽キャの許嫁がいるわけで――。

その日の放課後のことだった。

帰る支度をしていると、許嫁のギャルが必死な顔で駆け寄ってきた。

「修二～お願いがあるの！」

「ど、どうしたの、みらん？」

みらんの珍しい態度に戸惑う。

何か困ったことでも起きたのだろうか……。

心配する俺に、みらんがスマホを差し出してきた。

「ネッコトック撮るの手伝って欲しいの」

「ネッコトック!?」

ギョッとしてスマホを見る。

差し出されたスマホの画面にはネッコトックと表記されたアプリのアイコンが映っていた。

「お、俺が撮るの!?」

「うん、お願い……！」

真剣な顔でお願いしてくるみらん。

思わぬお願いの内容に動揺する俺は訊ねた。

「それまた……どうして？」

「花子たちとね、一週間で誰が一番ネッコトックの動画をバズらせられるか勝負することになったんだけど……」

そう説明するみらんは、しょんぼりと嘆いた。

「全然上手《うま》く撮れないの……」

それを聞く俺は、慌てて言った。

「みらんが撮れないなら、俺なんかもっと撮れないと思うけど……！」

「ううん、あたしより修二《しゅうじ》の方が絶対上手く撮れるよ」

「そんなに言い切る……？」

許嫁のギャルに断言される俺は、ふと気になった。

俺に頼ってくるぐらい全然上手く撮れないって……みらんはどんなネッコトックの動画を撮っていたのだろうか……？

教室でネッコトックを撮っていた陽キャたちの奇行を思い出す俺は、おずおずと質問した。

「じゃあ、ちょっとみらんの撮った動画、観せてくれる？」

「うん……笑わないでね」

スマホを操作したみらんは、俺に差し出してくる。

みらんが変なポーズとか変な動きをしていたらどう反応しよう……！

不安と好奇心を抱きながらスマホを受け取った俺は、画面に映し出された動画を観て――息を呑《の》んだ。

「こ、これは――」

みらんのスマホに映し出されている動画――。

最初、それを観る俺は、心霊動画だと思った。

なぜなら、めちゃくちゃブレブレの動画で、被写体も全然定まっていなくて、何が映っているのかわからなかったからだ。

なんならそれに加えて、なんか不気味なエフェクトまで掛かっている。

辛うじて、みらんが映っているという情報はわかった。

「やっぱり、ひどいよね」

動画を観て苦笑するみらん。

心霊動画系ならよく撮れていると思うが——状況的にそれは違うのだろう。

もう一度動画を確認するが、やはり心霊動画にしか見えなかったので……俺は当たり障りのない感想を口にした。

「なかなか斬新だと思うよ……！」

その俺の言葉に、みらんは少ししょんぼりしながら言った。

「普通の自撮り動画のつもりだったんだけどね……」

「自撮り!?」

思わぬ言葉につい反唱してしまう。

自撮りって自分を撮ることだったよね……？

俺の知らない間に意味が変わったのか？

意味を脳内で何度も確認する俺は、動画を改めて観返すが、どう見ても自撮りとは認識できなかった。

「ちょっと、みらん、撮ってるところ見せてくれない？」

「わかった……」

みらんにスマホを返し、撮影風景を確認する。

「いくね」

自撮りするためにスマホを構えるみらん。

そこまでは良かったが、ピコンと撮影開始の音が鳴った瞬間——みらんの手がプルプルとめっちゃ震え始めた。それに加えて、みらんはスマホを何度か取り落としそうになり、その度にカメラが全然違うところにガクッと向いていた。

「…………」

わざとかと最初は思ったが、みらんは真剣そのもので——。

俺はその光景を唖然《あぜん》と見つめる。

動画を撮り終わってスマホを差し出してくるみらんは、改めてしょんぼりとしていた。

「自分で動画を撮ろうとすると緊張して上手く撮れないの」

「な、なるほど……」

エキセントリックな仕上がりとなった動画を確認する俺は、衝撃を受けながら頷《うなず》く。

みらんって自撮り動画、下手だったんだ……。

ギャルなのに……！

でも確かに……思い返すと、写真を含めてみらんが自撮りしているところを今まで見たことがなかった。

「このままじゃ花子《はなこ》たちに負けて、パフェおごらないといけなくなっちゃう！」

悔しそうな表情を浮かべるみらん。

助けを求めるような瞳で俺を見てくるので、慌てて言った。

「いや俺も全然撮影に自信ないよ……」

そもそもネッコトック自体ちゃんと触ったことがないし！

なんなら毛嫌いしていたし……！

助けになるどころか、逆にもっと酷《ひど》い動画を撮影してしまう可能性もあるので、安易に頷けない。

「撮影が得意な友達にお願いしてみるとか」

そう提案するが、しかし――。

「修二に撮ってもらいたいの！　お願い～！」

そこまで必死にお願いされたら……俺も頷かざるを得なかった。

「わ、わかった。頑張って協力するよ……！」

「ありがとう、修二っ！」

期待のこもった笑顔で喜ぶみらん。

俺はプレッシャーを感じるものの、みらんを撮影すること自体は嫌ではないので張り切る気持ちが湧いていた。

ひとまず撮影は明日の放課後にすることになり、俺はネッコトックを研究することにした。

＊＊

その日の夜――。

俺は自分のスマホを感慨深く見つめていた。

「まさか俺が、ネッコトックをダウンロードすることになるとは……」

画面には、つい先ほど入れたネッコトックのアプリのアイコンが映っていた。

気持ちを落ち着かせて、とりあえず、アプリを起動させる。

軽い説明が流れた後、そこからすぐに短い動画が表示された。

「なるほど――」

画面を上にスワイプさせると、次々にいろんな動画が映し出される。

ワイワイと音楽とともに踊る動画やら、動物のほのぼのとした動画やら、ゲームのプレイ画面やら、様々な種類のショート動画が次々と流れた。

今まで動画は基本、長いものしか観《み》てこなかったので新鮮だった。

「確かにこれは、ずっと観てしまうかもな……」

なんて感心する俺は、本題に戻る。

動画を撮るだけではだめで……。

みらんの動画をバズらせる、つまり人気にさせないといけないわけで――。

「ネッコトックではどんな動画が人気なんだろう」

まずはそれを研究しないといけない。

「…………」

手当たり次第に動画を確認していく。

昔、ゲームの実況動画を作ることに憧れたことがあったので、考えながら動画を観るのはちょっと楽しかった。

「…………」

それからどれだけ時間が経《た》っただろうか――。

動画を観続けて、気付けば夜も更けていた。

「ネッコトックでも動物の動画は人気だな……」

ベッドに横になった俺は、動画を観ながら呟《つぶや》く。

長時間観た結果、俺の中でいくつかの答えに行きついていた。

「みらんの動画をバズらせるとなると、やっぱり『女子高生』の属性を前面に押し出した方がいいのかな……」

可愛《かわい》い女性の動画はネッコトック内でもかなり人気だった。

「ただなぁ……」

しかし、それは結構俺の中で悩みどころだった。

参考のために女子高生の動画を見ていた俺は、その中の一つの動画に目が留まる。

制服姿で踊っている女の子。

明るい色の髪をポニーテールした女の子は、動画の中で音楽に合わせて可愛い振り付けで踊ったり、ポーズを取ったりしている。

「……めちゃくちゃあざといけど、かなりバズってる」

スカートがめくれるかめくれないかの結構ギリギリを攻めており、動画を評価するハートの数字が凄《すご》い桁だった。他の女子高生の動画もギリギリの際どい動画は軒並み高い数字を叩《たた》き出している。

手っ取り早くバズらせるのなら、こういう路線が有力だろうけれど……。

「でも……みらんのこういう動画を他の人に観られるのは……」

許嫁《いいなずけ》として嫌だった。

コメント欄を見ると、これまたいろんなユーザーがいて……。

ギリギリを攻めた動画じゃなかったとしても、みらんの姿を動画として公開すること自体にネガティブになっている自分がいた。

「………」

これは独占欲なのだろうか？

夜が更けるごとに許嫁のギャルを知らない人に見せたくないという感情が強くなっていく。

しかし、協力をすると言ってしまった手前、やめようとは言えなくて……。

俺はネッコトックの画面に流れる動画を眺めながら、頭を悩ませた。

＊＊

よく晴れた朝。

登校する俺は完全に寝不足だった。

理由はもちろん……。

「結局、徹夜でネッコトック観てしまった……」

悩みながらだらだら動画を流していたら、陽《ひ》が昇っていた。

手軽に観れるがゆえのネッコトックの時間泥棒的な怖さを感じる。

「…………」

教室に入り自分の机に座った俺は、寝たふりではなく、ガチ寝で机に突っ伏す。

その俺に、登校してきたみらんが勢いよく声をかけてきた。

「おはよう修二《しゆうじ》！」

「お……はよう……」

ふらふらと顔を上げる俺を、みらんが心配そうに見てきた。

「もしかして修二、ずっとネッコトック研究してたの？」

「研究というか……ほぼだらだら観てただけだけどね」

そう苦笑する俺。

「ありがとう、修二……」

申し訳なさそうにお礼を言ってくるみらんが、質問してきた。

「ネッコトックどうだった？」

その質問に俺は、徹夜でネッコトックを観て感じたことを語った。

「一本一本の動画が短いから、さくさく次の動画を観ることができてとても中毒性があるね。しかも観れば観るほど、自分の興味のある動画が出てくるようになるのもとても良いと思ったよ。短い動画は音楽やエフェクトにも相性がいいし、流行《はや》りのモノを使えば観てもらいやすくなるから使っていきたいね。内容で安定して人気があるのはやっぱり動物の動画で、他にも何かを作る動画だったり、面白い出来事の切り抜きの動画だったり、他の動画サイトに近いところはあるけど、音楽に合わせて何かをやったり、流行りの動きやポーズの動画が人気になるのはネッコトック独特な気がしたよ。とりあえず、いくつか流行りの音楽とか動きとかピックアップしてきたから放課後にみらんにやってもらうね」

そう喋《しゃべ》り終えてから俺はハッと我に返った。

「…………っ！」

ヤバい、なんか一人でめっちゃ早口で語っちゃった……！

徹夜で寝ぼけていたとはいえ……さすがにこれはキモがられても仕方ないぞ！

「ごめん、喋りすぎた……！」

みらんの反応をおそるおそる窺《うかが》う。

許嫁のギャルはドン引きの表情――ではなく、感激したように目を見開いていた。

「めっちゃ研究してきてくれたんだね！　ありがとう～！」

喜ばれて、俺は少し安堵《あんど》する。

みらんの役に立てる嬉《うれ》しさが湧くが……しかし、同時に夜中に悩んでいたことが頭をよぎった。

「放課後楽しみだね！」

「そ、そうだね……」

屈託のない笑みを浮かべるみらんに、俺はぎこちなく頷《うなず》いた。

＊＊

普段、授業は真面目に受ける俺だけれど、その日は眠さに頭がやられて、ほぼ何も入ってこなかった。ただ、休み時間にネッコトックを撮る陽キャたちの声は、嫌というほど頭に響いてくる。俺も今日、同じことをするのだと思うと不思議な気持ちになった。

そうして、ようやく放課後が訪れ――。

オーバーラップ文庫&ノベルス
NEWS
文庫注目作
蹂躙せよ
竜の寵愛を受けし
最凶の
強欲冒険者
現代ダンジョンライフの続きは
異世界オープンワールドで!①
著：しば犬部隊　イラスト：ひろせ
ノベルス注目作
世界を揺るがす
魔法の力で
悠々自適な快適生活！
虐げられた追放王女は、
転生した伝説の魔女でした2
～迎えに来られても困ります。
従僕とのお昼寝を邪魔しないでください～
著：雨川透子　イラスト：黒裄
2210 B/N

「じゃあ、みらん、ネッコトック撮るよ」

「よろしく♪」

クラスメイトたちが全員捌《は》けたのを確認した俺は、みらんとの撮影会を始めた。

机を寄せてスペースを作り、スマホを構えて、みらんの姿を動画に収める。

「みらん、そこでくるっと回転してみて」

「こうかな？」

片足を軸にバレエのようにくるりと回転する、みらん。

スカートがふわりと膨らみ、夕陽《ゆうひ》の光も合わさり幻想的だった。

「うん、めちゃくちゃ良いよ！　じゃあ次は、ネッコトックの音源流すからそれに合わせて回転してみて」

「はーい！」

スマホから流れる音源に合わせてくるくると回転する、みらん。

これはネッコトックで流行ってる音源と動きで、単純そうなのでチョイスしたが、みらんがやるととても様になっていた。

「じゃあ、次は――」

許嫁のギャルに指示を出す俺は、どんどん動画を撮っていく。

みらんは呑《の》み込みが早くて、撮影はすこぶる順調だった。

練習を兼ねたシンプルなものから、ちょっと動きの難しいものまで——様々な動画を撮影していく。

「…………」

みらん……可愛いな……。

カメラ越しに画面に映る許嫁の姿を見つめて、心の中で呟く。

音楽に合わせて踊る姿や仕草に、撮れば撮るほど魅了された。

「…………」

みんなに見せびらかしたいな……。

自慢したくなる気持ちが湧くと同時に——。

誰にも見せたくないな……。

そんな背反する想《おも》いが俺の中で膨れ上がっていた。

「ネッコトック楽しいね！」

「そうだね……」

楽しそうに動画に映る許嫁を見る俺は、その想いに蓋をしてひとまず撮影に集中した。

あれから結構な動画が撮り溜《た》まり——。

00:00:12

「ちょっと休憩しようか」

休憩を入れて、俺は動画の内容を確認していた。

そうしていると、タオルで汗を拭くみらんが、ウキウキとした様子で訊《き》いてきた。

「結構撮れたね！　動画バズるかな？」

「そう……だね……」

みらんの動画を見返す俺は、ぎこちなく頷く。

動画はよくできていて、みらんもとても可愛く綺麗《きれい》に映っていた。

「………」

しかし、そうであるがゆえに、先ほど蓋をした二つの想いが湧き上がっていた。

みらんの可愛さをみんなに見せびらかしたいという想い――。

もう一つは、他の人に見せたくない、みらんの可愛さを独り占めにしたい！　という想い。

どちらの想いが大きいか……。

時間が経《た》てば経つほど、動画が溜まれば溜まるほど、後者の想いの方が俺の中で大きくなっていた。

バズらせるために協力しているのに、そんなこと思ってしまう俺ってどうなんだろう……。

「………」

自分の器の小ささを感じて、内心でため息を吐《つ》いてしまう。

内心に湧き上がってくる想いに、俺は戸惑っていた。

それから、何度目かになる心のため息を吐いた時だった——。

「あまり動画よくなかったかな……？」

みらんが心配げに声を掛けてきた。

「いや、めちゃくちゃ良いよ！　これなら間違いなく人気出そう」

慌てて言う。

自分の気持ちに蓋をするように笑顔を作った。

「それじゃ——続き撮ろうか」

と、スマホを構えて撮影の準備をする俺。

その俺を見つめてくるみらんは、真剣な表情で訊《たず》ねてきた。

「修二、どうしたの？」

「な、何が？」

「修二、さっきからずっと浮かない顔してるよ」

図星を指されたような気がして、ドキッとしてしまう。

「そ、そうかな……？　そんなことないと思うけど……」

誤魔化すように笑う俺。

その俺にみらんが歩み寄って来たかと思えば――。

「み、みらん!?」

許嫁《いいなずけ》のギャルは額が当たりそうなぐらい顔を近づけて言ってきた。

「隠しごと禁止！　思ってること全部言って」

「いやでも――」

「あたしたち許嫁でしょ？」

「……！」

その言葉にハッとする。許嫁を心配させてしまっていることに、申し訳なさと恥ずかしさを感じる俺は、頭を掻《か》きながら正直に言った。

「実は……みらんの動画、知らない人には観《み》せたくないなって思ってて……」

「どうして？」

純粋な顔で質問してくるみらんに、俺は言いよどみながら答えた。

「だって……その……みらんが可愛《かわい》すぎるから……」

最後らへんは照れと恥ずかしさでほぼ声が出なかった。

めちゃくちゃ独占欲丸出しで……いつにも増してキモイな、俺……。

「………」

自分が恥ずかしくて、みらんの顔が見ることができない。

そうしていると、みらんは明るく言ってきた。

「おっけー！　ネッコトックでの動画の公開はやめるねー」

「え!?」

顔を上げると、みらんは顔を赤くして微笑を浮かべていた。

「ど、どうして……？　勝負はどうするの？」

驚く俺に、みらんは微笑《ほほえ》みながら言ってきた。

「んー知らない人に可愛いって言われるより、修二《しゅうじ》に言ってもらえる方が何倍も嬉しいし……。勝負なんてどうでもいいよ」

「みらん……」

その言葉に俺の顔は熱くなる。

「修二、それじゃあさ――！」

みらんがふと――身体《からだ》を寄せて来たかと思えば、腕を組んでくる。空いている手を俺が持っているスマホに添えて、自撮りの構えをした。

「公開しない代わりに二人だけの動画撮ろうよ！」

「二人だけの動画……!?」

思わぬ接近に動揺する俺だったが――。

スマホの画面に映る自分と許嫁の姿を見て、つい苦笑してしまう。客観的に見たことがなかったが、そこには陰キャとギャル――本当に正反対の二人が映っていた。

仲良くなれたことに改めて嬉しさを感じる俺は、それからみらんと二人だけの動画をたくさん撮ったのだった。

＊＊

ちなみにネッコトックの勝負だが――。

近所のブサ可愛い野良猫を適当に撮影した動画をアップロードしたところ、それがめちゃくちゃバズり――。

みらんはパフェを奢《おご》ってもらって、ご満悦だった。

俺はいま、テンションが激落ちしていた——。

その原因は、学校の大型イベント『文化祭』である。

俺の学校では夏休み明けの九月後半に文化祭が行われることになっていた。

「他に出し物の候補ありますかー？」

クラス委員の声掛けが教室に響く。

まさに今、文化祭でのクラスの出し物を決めているところだった。

黒板には——。

『タピオカ』『たこ焼き』『演劇』『お化け屋敷』『メイド喫茶』『校内展示』

が書き出されていた。

「…………」

そもそも学校のイベント自体が基本、陽キャ寄りなので、陰キャには辛《つら》いわけで。

その中でも特に文化祭は友達がいないと楽しめないイベントなので、万年ボッチの俺にはさらに辛かった。いくら振り返っても寂しい思い出しか浮かんでこない……！

今年はギャルの許嫁がいるとはいえ、トラウマがうずいた。

「じゃあ、この中から多数決で決めまーす」

黒板の前に立つクラス委員が意見のまとめに入る。

テンション激落ちとはいえ、俺も手を上げないといけないので、どれが一番マシか考える。

「………」

まあ、この中だったら、校内展示が一番楽かな……。

オタクとしては、メイド喫茶とか興味がそそられるが……オタク臭いし選ばれることはないだろう。

そう思って多数決に臨んだのだが──。

＊＊

「では、メイド喫茶がやりたい人ー」

その出し物の候補の順番が来た時だった。

「はーい！」

と、みらんやギャル友たちが手を挙げたかと思えば――。

クラスの女子たち全員が挙手した。

「え……!?」

俺は驚いて周りをキョロキョロとしてしまう。

「では、圧倒的に多いので文化祭の出し物はメイド喫茶でいきたいと思います」

「……!?」

マジで……!?

そんなにメイド喫茶って人気あったっけ……!?

絶対選ばれないと思っていたメイド喫茶に決まり、俺は内心で驚きの声を上げた。

陽キャ男子からも特に反対の声もなく――。

「メイド喫茶かー」「女子のメイド姿、楽しみだなー」

と、むしろ乗り気だった。

文化祭の出し物が決まったことで、話し合いは内容に移っていくのだが……。

「でもさーメイド喫茶って……どうしたらいいんだ？」「メイドに詳しい人とかって、いる？」

そんな声がクラスの中で起こった時だった。

花子《はなこ》さんと阿月《あづき》さんがニッと笑って声を上げた。

「え、詳しい人いるじゃん」

「めっちゃ最適な人いるじゃん」

そんな人、このクラスにいたのか……!?

メイド喫茶に詳しいなんて、ちょっと友達になりたいな。

なんて俺も首を傾《かし》げていると、二人の視線がこちらに向いてくる。

なんでこっちを見てくるんだろうと数秒ぽかんとする俺は、二人が見てきた理由を遅れて悟り身を固めた。

「え……!?」

メイド喫茶に詳しい人って、俺のこと!?

俺はオタクだけれど、それは専門外なので全然詳しくないよ……！

視線で訴えるが、すでに遅く。

ギャル二人の視線に引っ張られるように、クラス全員の視線が俺に向けられた。

「――――!?」

かつて……こんなに注目されたことは俺の人生であっただろうか。いやない。

視線の暴力にガチガチに硬直してしまう、その俺に、みらんが窺《うかが》うように声を掛けてきた。

「修二、メイド喫茶の監修、お願いしてもいいかな?」

「ぉ、俺……?」

許嫁からのキラーパスも飛んできて、俺は動転してしまう。

「あたしも手伝うから!」

この空気の中で、ノーと言える奴《やつ》はこの世に存在するのだろうか。もしいたら爪の垢《あか》を煎じて飲ませて欲しい……!

「やっぱり、ダメかな……?」

黙りこくっている俺に、みらんが申し訳なさそうに訊《たず》ねてくる。

「俺は……」

考えていた俺は、口を開く。

昔の俺だったら、なんだかんだ言って引き受けはしなかっただろう。しかし、今の俺はメイド喫茶をやりたがっているみらんを純粋に手伝ってあげたい。そう思ったので——。

「あまり……自信はないけど……監修、やるよ」

オタク＝メイドに詳しい、という考え（偏見）が浸透しているのか、クラスメイトから反対は出なかった。

＊＊

メイドが好きか嫌いか問われたら――もちろん好きだ。しかし、自分の専門は漫画やアニメであり、本物のメイドに関しては、にわか知識しかなく、さらにメイド喫茶になるとこれまた別の解釈が必要になる。ゆえに何か別のインプットが俺には必要だ。新鮮かつリアリティの伴ったインプット。その条件を満たすものとは……。と、静かに考え続け、俺の醒《さ》めた頭脳は一つの結論に行きついた。『本物のメイド喫茶に行くこと』。そう。それこそが、たった一つの冴《さ》えたやりかた。別に可愛いメイドさんに会いたいとか、萌《も》え萌《も》え気分をリアルで味わいたいとか、オムライスに文字を書いてもらいたいとか、これっぽっちも思っていない。ホント、これっぽっちも。うん。文化祭での監修を任された以上、俺には責任がある。だから実際にメイド喫茶に行って勉強しよう。これは研究のため、仕方なく、だ。

「…………」

家に戻った俺は、真剣に思索にふけりこの方針に行きついた――。

「方針は決まったけど……みらんにはちゃんと言った方がいいよな」

手伝うと言ってくれていたし……。

みらんに連絡しようとスマホを開く。

メッセージを打ち込んでいると、丁度メッセージが届いた。

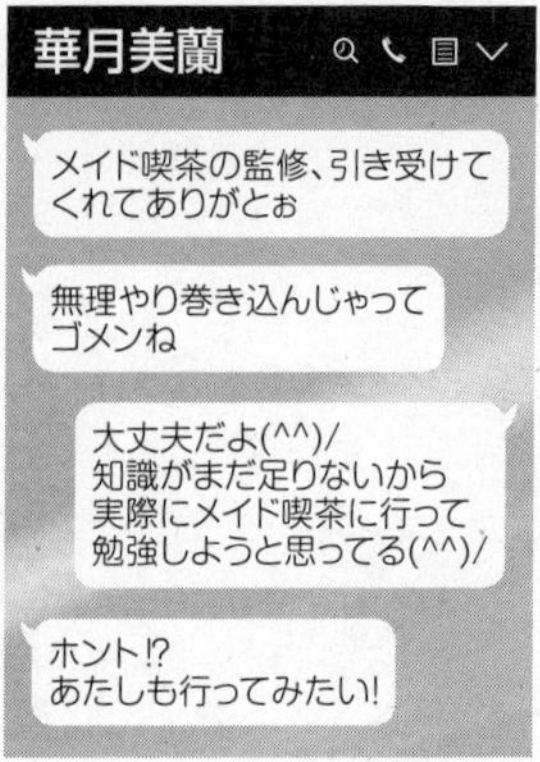
華月美蘭
メイド喫茶の監修、引き受けてくれてありがとぉ
無理やり巻き込んじゃってゴメンね
大丈夫だよ(^^)/
知識がまだ足りないから
実際にメイド喫茶に行って
勉強しようと思ってる(^^)/
ホント!?
あたしも行ってみたい!

「マジで……!?」

その返信に驚く。

みらんが本物のメイド喫茶に足を運ぶ姿が全くイメージできない。

冗談かと確認するが、本気で行きたい様子だった。

行く日取りもすぐに決まり——。

俺はみらんと一緒に勉強のためメイド喫茶へ行くこととなった。

＊＊

メイド喫茶へ行く当日——。

いつもの待ち合わせの場所にやって来た俺は、めちゃくちゃ緊張していた。

漫画やアニメでの知識はあるが、リアルのメイド喫茶に行くのは初めてで……。それに加えて、許嫁《いいなずけ》のギャルが同行者という状況に、まだ頭が追い付いてきていなかった。

「修二《しゅうじ》、お待たせー」

いつものデートのようにやってくるみらん。

あまりに自然すぎて、今から行くところがメイド喫茶だと一瞬忘れてしまう。

「メイド喫茶、楽しみだね！」

その言葉で行先を思い出す俺だが、「そうだね」とはちょっと頷《うなず》き難かった。

もちろん、楽しみではあるのだが……許嫁の前でメイド喫茶に行くのが楽しみだと公言するのは恥ずかしかった。

スマホでお店の位置を確認しつつ、みらんと二人で歩いていく。

大通りから外れた通りに、お店は異様な雰囲気を放って佇《たたず》んでいた。

「………」

ここがメイド喫茶……！

洋館風の建物の前で、俺はしばらく呆然《ぼうぜん》と立ちすくんでしまう。

建物から漂うリアルの圧力に、俺はもうすでにビビっていた。

「入ろう、修二♪」

そう、みらんに促されなかったら一生入れなかったかもしれない。

「は、入るよ……！」

息を呑《の》み、意を決して扉を開ける。

扉を開けると、白と黒のメイド服を着たメイドさんが出迎えてきた。

「お帰りなさいませ、ご主人様！　お嬢様！」

「…………」

その第一声を受けて俺はすでに場に呑まれてしまう。

促されるまま席に案内されるが、俺の思考はもう止まっていた。

「メイドさん、めっちゃ可愛《かわ》ぃね～」

店内を行き交うメイドさんたちを眺めて、みらんは目をキラキラとさせている。

対して、俺は緊張で硬直してよく見ることができなかった。

「ご注文は何にされますか？　ご主人様、お嬢様」

注文を聞きに来るメイドさん。

「いやえっとその……！」

二次元とリアルはやはり隔絶があって、想像以上の圧力に俺はテンパりまくってしまう。

その俺をくすくすと笑うみらんが、代わりにいろいろと注文してくれた。

それからしばらくして注文の料理がテーブルに運ばれると、メイドさんが手でハートを作っておまじないを始めた。

「おいしくなぁ～れ、萌え萌えキュン♡」

俺はただただ圧倒された。

それから一通りのサービスを受け終え——店内のメイドさんたちの動きを興味津々と見ていたみらんが言ってきた。

「来てよかったね！　すごく参考になる！」

「そ、そうだね……！」

勉強のために来たはずなのに緊張で半分以上頭から抜けてしまっている気がする。

みらんの方が、俺よりも勉強熱心でメイド喫茶を楽しんでいるようだった。

「…………」

そういえば、文化祭でメイド喫茶をやりたいと真っ先に手を挙げていたのはみらんだし……。

みらんって、メイド好きなのかな……？

そんなことを考えるが、俺はすぐに首を振る。

いや……それはないか。

出会ってから今までのやり取りの中で、そんな片りんは一度も見たことがない。

「…………」

どうしてみらんは、メイド喫茶にこんなにやる気満々なんだろう……？

メイドさんを熱心に見つめる許嫁のギャルを見る俺は、改めて疑問に思う。

しかし、その疑問は、メイド喫茶のじゃんけん大会が始まったことで吹き飛んでしまった――。

「行ってらっしゃいませ、旦那様、お嬢様♪」

それから十分な時間、メイド喫茶に滞在した俺とみらんは、最後にメイドさんに見送られお店を後にした。

外に出た俺は、大きく一息吐《つ》く。

「楽しかったねー！」

本当に楽しそうに感想を言ってくるみらんに、俺はこくこく頷いた。

「そ、そうだね……」

いろんな意味でみらんと一緒に来て良かったと思った。

俺の豆腐メンタルじゃ一人では何もできなかった気がする……！

「あたしたちが文化祭でやる場合だけどさ――」

「う、うん……！　予算も考えないとね」

学校のメイド喫茶では実際どうするか……。

相談しながら俺とみらんはその場を後にした。

＊＊

「お……おいしくなぁれ、萌え萌えキュン……！　こんな感じです……！」

手にハートを作った俺は、女子たちの前で実演していた。

いや、晒《さら》し者《もの》と表現した方がいいかもしれない。

ただでさえ恥ずかしいポーズなのに、女子たちに見られて緊張する俺の動きはガクガクで我ながらに気持ち悪いと思った。

「よくわかんなかったー！」

「もう一回やってー！」

そんな声が飛んできて、冷や汗が出る。

文化祭に向けて、衣装の発注や、お店で出すメニュー作りは滞りなく進んでいた。

あとは、サービス内容を女子たちにレクチャーをするだけなのが——それがなかなか大変だった。ただでさえ、コミュ症で人前が苦手なのに、その上、メイドのポージングをしないといけないというダブルの責め苦だ。

なんで監修なんて引き受けてしまったんだろう……！

「みんな、こうやるんだよー！」

後悔しながらのレクチャーだったが、しかし、その中でも救いはあった。

「おいしくなぁれ、萌《も》え萌《も》えキュン♡」

みらんが俺に代わって完璧なポージングを披露する。

可愛《かわい》い……！

内心で呟《つぶや》きつつ、感謝する。

許嫁のギャルは、メイドさんたちのサービスの動きやセリフを寸分たがわず記憶していて、俺が行き詰まるとサポートしてくれた。

「じゃ、じゃあ、みんなでやってみましょうか……」

俺の掛け声でクラスの女子たちが一斉に萌え萌えキュンをやり始める。

異様な光景が広がるが、普段、気配を消している俺が、その中心にいること自体がすでに異様だと思った。

「…………！」

みらんと目が合うとニコニコと笑ってくる。

みらんのお陰でなんとかやれているので、俺は再度感謝の念を送った。

そうして、文化祭の日は迫り――。

みらんのサポートのお陰で、メイド喫茶の監修も無事に行うことができ――。

ついに本番の日を迎えた。

＊＊

メイド喫茶風に装飾した教室の中。

メイド服を着た許嫁のギャルが俺にとびきりスマイルで挨拶してきた。

「お帰りなさいませ、ご主人様♡」

「はうっ……！」

俺は心臓を撃ち抜かれる気分だった。

「修二、どうかな？」

「完璧だよ……！」

正直な感想を口にする。

それ以外の言葉が浮かばなかった。

「やったー！　いっぱい練習したから！」

　ぴょんぴょん喜ぶみらんに、ただただ目を奪われる。

　メイドなのにギャル……、いや、ギャルなのにメイド……。

　そのアンバランスな雰囲気に俺の視線は釘付《くぎづ》けだった。

「か、可愛すぎる……！」

　俺としたことが、心の声がつい口に出てしまった。

　みらんが顔を赤くしたことで、そのことに気付いた俺も顔が熱くなった。

「イチャイチャは後でやってくんないかなー？」

「もうすぐ開店だよー？」

　呆《あき》れたような声が飛んでくる。

　声の主は、花子《はなこ》さんと阿月《あづき》さんで二人もメイド服を着ていた。

　メイド喫茶は、時間ごとの当番制で、一発目のメイドの当番はみらんを含めこの三人だった。男子は料理を担当しており、裏方で準備している。

「べ、別にイチャイチャしてるわけじゃ……！」

　慌てて言う俺はその場から逃げるように教室の外の様子を窺《うかが》いに行く。

　もうすでに、何人か客の生徒が並んでいた。

　開店までもうすぐで、時間を確認した俺は控えの教室に移動する。

とはいっても、俺は料理当番ではない。

メイド喫茶の監修だったこともあり、本番での当番はなかった。

つまりフリーボッチだ。とりあえず、何かあればサポートできるように控え室で様子を見るつもりではあるが……。

「まあ、俺の出る幕はないだろうな」

その時の俺は高を括《くく》っていた——。

＊＊

「いらっしゃいませ、ご主人様♪」

学校のチャイムと同時に、客の男子生徒たちがやってくる。

「え、可愛い」

「クオリティ高！」

「ヤバすぎ！」

挨拶するギャルメイドたちに、心臓を撃ち抜かれている様子だった。

よほど、みらんたちのメイド姿のインパクトが強かったのだろう。

メイド喫茶はあっという間に学校の中で話題となり、あれよあれよという間に満席になっていった。

気付けば、行列もできており――開店早々、目が回るほどの大忙しになっていた。


その反響の良さに喜びたいところだが……。

次々と注文するお客さんに、みらんたちは目まぐるしく接客していた。

想像以上のお客さんの数に対応がギリギリで――。

「これは大変だ……！」

控え室にいた俺も、みらんたちが運びやすいところに料理を持っていったり、下げられたお皿を片づけたりサポートに徹していた。

「メイド三人じゃ回せないよな……！」

できる範囲で手伝ってはいるが、メイド側のキャパが見るからに限界すれすれだった。

「これは応援を呼んだ方がいいな……」

料理を片づけながら、目まぐるしい状況にそう感じた時だった。

ガシャン――！

室内に皿の割れる音が響いた。

「阿月――!?」

悲鳴のようなみらんの声が聞こえてきて――。

ハッとする俺はホールに駆け戻る。

「っ……!?」

ホールでは、阿月さんが足首を押さえて倒れていた。

「アタタ……ゴメン、つまずいちゃった」

「大丈夫!?」

「足首、グキッてるけど、なんとかいけそう」

心配するみらんに、ニッと笑う阿月さん。

しかし、立ち上がろうとして痛そうに顔を歪めるので、花子さんが止めた。

「ダメダメ。あんたはもう休んでな」

「でも……」

満席のお客さんを見渡す阿月さん。

「うちとみらんで回せるし大丈夫だから」

「そうだよ。だから休んでて」

二人に言われて、阿月さんは落ち込むように頷《うなず》いた。

「ゴメン、ありがと……」

その阿月さんに駆け寄る俺は、肩を貸した。

「俺の肩、つかまって……。保健室で手当てしてもらう」

「ありがと……みらんの彼ピ」

阿月さんに肩を貸す俺に、みらんが真剣に言ってきた。

「修二《しゅうじ》、阿月をよろしくね」

「うん。あと、応援呼んでくるよ！」

俺はそのまま阿月さんを引き連れて、保健室へと向かった。

＊＊

「阿月さん、足どう？」

「メイドは無理そう……」

保健室に到着すると、保健室の先生にすぐに処置をしてもらえたが、あまりよくなさそうだった。

「ん～」

と、足首に包帯を巻いた阿月さんが、スマホを睨《にら》んで嘆いていた。

「応援呼んだけど……みんなすぐに来れなさそう」

「ありがとう。とりあえず、俺は先に戻ってるよ」

まあ……俺が戻ったところで出来ることは少ないけど……。

みらんたちが心配になる俺は、教室に戻ろうとする。

「………」

何かもっとみらんたちを手伝えたらいいんだけど……。裏方ではできることが限られてしまうし……。

何かいい方法はないかな？

そう悩みながら保健室から出ようとした時だった。

阿月さんが「あっ！」と声を上げた。

「イイこと思い付いた！」

名案が閃《ひらめ》いたと目を見開く阿月さん。

俺はおずおずと訊《たず》ねた。

「イイこと？」

「みらんの彼ピが接客したらいいじゃん！」

「えっと……それはつまり、俺にメイドをしろと？」

自分のメイド姿を思い浮かべる俺……。

確かにそれだったらメイドとして手助けをすることができるかもしれないが……！

究極の選択に戦々恐々とする俺だったが、速攻で否定された。

「いやいやそれはキモイから！」

「だよね……！」

頭に思い浮かべたイメージが実現することなくホッとする。

しかし、それじゃあ、どうやって接客すればいいんだ……？

疑問符が浮かぶ俺に、阿月さんが提案してきた。

「演劇部の友達に連絡するから、執事っぽい服を貸してもらって接客したらいいじゃん？

執事喫茶ってあるみたいだし」

「執事の格好で接客……俺が……？」

言葉が咄嗟《とっさ》に呑《の》み込めなかった。自分と執事のイメージがあまりにもかけ離れていて、

その姿が全く思い浮かばない。メイドの方は練習していた分、イメージできたけれど……。

「ムリ？」

訊《き》いてくる阿月さん。

そもそも論で言うと、接客自体、俺には荷が重い。

それに加えて、執事の格好をするという……。

今までの俺だったら、間違いなく無理だと言ってしまっていただろう。

「………」

しかし――。

脳裏に、お客さんが多くて大変そうなみらんの姿が浮かぶ。

今日までの準備してきたことを思い返す俺は――。

「それでみらんたちの助けになるなら……やるよ」

阿月さんの提案に頷いた。

＊＊

「――――」

教室に戻ってきた俺は――おそるおそる中を窺《うかが》う。

「おいしくなーれ、萌《も》え萌《も》えキュン♡」

丁度、みらんが両手でハートを作って、テーブルの料理におまじないするところだった。

完璧なフォームだ……！

しかし、その余韻が終わらぬうちに、すぐに他の客たちから声がかかった。

「オレたちにもお願いします！」「こっちも注文お願いします」「すみません、注文いいですかー」

「はーい、今行きます！　お待ちください」

疲弊気味に、みらんが返答する。

阿月《あづき》さんがいない分、かなりの負担が増えているようだった。

「はぁ、目が回るわー。みらん、あまり頑張りすぎたらダメだよ」

花子《はなこ》さんもかなり疲れ気味だった。

「うん……」

「注文お願いしまーす」

花子さんの言葉に頷くみらんだったが、注文の声に慌てて走っていく。

「は、はーぃ——うわ」

そのみらんが、足がもつれさせてこけそうになったのを見て——。

俺は咄嗟に駆け出していた。

「大丈夫、みらん？」

みらんの身体《からだ》を支える。

「え……修二!?」

俺を見るみらんは、目を見開いて驚いた顔をした。

それも仕方ない……！

今の俺は執事の姿なのだから！

「その格好、どうしたの!?」

訊ねてくるみらんに、俺は苦笑した。

「演劇部の人に貸してもらったんだ。応援が来るまで、執事として接客を手伝うよ」

そう告げる俺は気合を入れる。

羞恥心を振り払って、脳内スイッチをオンにする俺はお客さんのところへ注文を取りにいった。

「ご注文をお伺いします、旦那様！」

「え、あ、はい……」

「ちなみに、こちらのメニューでしたらすぐに出すことができますよ？」

「あ、はい……！」

俺に男子生徒のお客さんは唖然《あぜん》としていた。

メイドじゃなくて、ゴメンね……！

内心謝りつつ、それを皮切りに接客を続けていく。

「お帰りなさいませ、お嬢様！」

「え……!? 誰!?」

入店した女生徒を案内する。メイド喫茶と思いきや登場する執事の俺に目を丸くしているようだった。

それから、俺は可能な限りどんどんとホールを回していった。

「お待たせしました、お嬢様！」

コミュ症の俺に接客は難しいと思っていたが――。

昔読んだ漫画の執事キャラになりきって動くと、自然と颯爽《さっそう》とすることができた。

「修二、すごいね！」

「やるじゃん、彼ピw」

みらんと花子さんに褒められる。

羞恥心はゼロではないけれど、それによって二人の役に立てていることがわかって嬉《うれ》しく思った。

その勢いのまま――執事の俺と、メイドのみらんと花子さんの三人でホールを回していく。

そうして接客をしている時だった。

「あのぉー」

少しだけ余裕が出てきた頃に、テーブルに座っていたポニーテールの女の子に話しかけられた。

「どうされました、お嬢様？」

「あの子ってぇ、彼氏いますよね？」

あの子とは――みらんのことだと、その女子の視線でわかった。

何人かの男子生徒からもそういう質問は受けたが、女子からされたのは珍しくて印象に残った。

とはいえ、いまは接客中。

しかもその女の子は他校の制服を着ているので、俺ははぐらかした。

「どうでしょうね……」

「しかもなんかぁ、その彼氏って許嫁《いいなずけ》だって耳にしたんですよね……」

「…………」

それ、俺なんですけどね……！

公言しているとはいえ、学校以外の人の耳にまで入るとは……。

驚きつつも、しかし、今は執事の格好をしているので、俺は先ほどと同じくはぐらかした。

「どうなんでしょうね？」

食い入るようにみらんを見つめる女の子。

なんか変わったお客さんだな……。

ふわふわと跳ねる明るい髪色のポニーテールと、女の子の顔を見つめていると——。

「あれ……？」

なんかどこかで見たことがあるような……記憶がうずいた。

少しの間、考えて——俺はハッとした。

「あの、ネッコトックとかしてますか？」

徹夜で観《み》続けたネッコトック。その中の動画で観たような気がした。

エフェクトの修正で少し顔が違うような気もするが……ギリギリを攻めた動画でバズっている女子高生と似ている気がした。

「はぃ、ちょっとだけしてますけどぉ？」

頷《うなず》く女の子に俺はやっぱりと感動した。

「やっぱり……観たことがある気がしたんです」

「えぇー恥ずかしぃー」

赤面するネッコトッカーの女の子は、上目遣いで聞いてきた。

「執事さんは、彼女とかいるんですかぁ？」

「俺は……」

言っていいものか少し悩むが、正直に答えた。

「いますよ」

「なんだぁ」

残念がるように呟《つぶや》く女の子は、そのままテーブルを立つとお店を出ていく。

「………」

視線を感じて振り向くと、みらんに見られていて俺は慌てた。

いけない、手伝いに徹するはずが、雑談をしてしまった！

気を引き締める俺は、応援がくるまで執事としてサポートし続けた。

＊＊

「ふへぇ」

控え室に戻った俺は、椅子に座って一息吐《つ》く。

あれからようやく応援の女子が来てくれて、なんとか切り抜けることができた。

「俺……変じゃなかったかな？」

改めて自分の先ほどの姿を振り返る。

演劇部の人は快く執事の服を貸してくれて、なんなら着替えている間に髪の毛も軽くセットしてくれた。

接客の緊張を振り払うために、昔読んだイケメン執事漫画のキャラになりきる作戦を取ったのだけど……。

「あぁ……今思い返すと……恥ずかしい！　みらんに変な姿、見せちゃったな……」

今更羞恥が押し寄せて、悶《もだ》えて落ち込む。

「修二《しゅうじ》……」

そうしている時だった。

控室に、みらんがやってきた。

「みらん……！　あ、もう接客の担当の時間は終わったんだね！」

顔を上げる俺に、みらんが微笑《ほほえ》んできた。

「さっきはありがとう！　すっごく助かった！」

「それならよかったけど……」

みらんの手助けになれたのなら幸いだ。

苦笑していると、みらんが、わざとっぽくため息を吐いてきた。

「あ～ぁ……」

「ど、どうしたの？」

みらんがため息を吐くなんて珍しくて、ギョッとする。

訊《たず》ねる俺に、みらんが少しすねたような顔をして言ってきた。

「修二がカッコいいってこと、みんなにバレちゃったなー」

俺がカッコいい!?

思わぬ言葉に慌てて首を横に振る。

「へぇ!?　いや、そんな……！　俺なんて全然カッコよくなんかないよ！」

卑下する俺に、みらんは首を横に振った。

「修二、すごくカッコよかったよ！　うちのクラスだけじゃなくて、他のクラスの女子たちも修二の執事姿、カッコいいって話題にしてたし」

「ま、マジで……？」

にわかには信じがたいが、みらんは本気で言っているようだった。

そんなことを言われたことが俺の人生に一度もないので、うろたえてしまう。

その俺にみらんは、わざとらしく口を尖《とが》らせてきた。

「だから……ちょっとだけ焼きもち焼いちゃった」

「焼きもち……？」

みらんが俺に……!?

俺が焼きもちを焼くことはあれど、逆はないと思っていた。なので不謹慎かもしれないけれど、許嫁のギャルが俺にそんな感情を抱いてくれたことに嬉しく思ってしまった。

俺は、許嫁のギャルに言葉を返すように言った。

「みらんもめちゃくちゃ可愛《かわい》かったし……俺もお客さんたちに嫉妬してたよ」

それは事実で──。

少しの間、みらんと見つめ合う。

気恥ずかしくなって俺の方が先に笑ってしまった。

それにくすくすと笑うみらんは、告げてきた。

「実はね……メイド喫茶したいって、クラスの女子たちに提案したの、あたしなの」

「……ど、どうして？」

やる気に満ちているとは思っていたが、そこまでやっていたことに俺は驚く。

目をしばたかせる俺に、みらんは照れるような表情を浮かべて言った。

「修二、メイド好きかなって思って……！　あたしのちゃんとしたメイド姿を見せたかったのと——修二に文化祭を楽しんでもらいたいって思って」

みらんはそう言うと、カーテシーのようにスカートを持ち上げ、改めてメイド姿を見せてきた。

「どうかな？」

そのみらんの姿と心遣いに——。

息を呑《の》む俺は深く頷いて笑った。

「みらん、ありがとう……！　最高だよ！」

俺の言葉に、みらんも笑みを浮かべる。

それからイタズラっぽい表情を浮かべたみらんは、飛び付いてくるようにして俺の腕を引っ張ってきた。

「ねぇねぇ、ちょっとだけ、この姿で一緒に文化祭、見て回ろうよ！」

「い、いやそれはさすがに恥ずかしい……」

「いいからいいから！」

そのままみらんに引っ張られ——。

俺とみらんは、執事とメイドの格好で文化祭を回ることになったのだった。

今まで学校のイベント――特に文化祭にはいい思い出がなかった。

けれど、みらんのお陰で最高の思い出を作ることができた。

＊＊

後夜祭が行われる――。

文化祭で活躍したクラスの表象がまず行われるのだけれど、俺たちのメイド喫茶は、終始人気で表彰された。

壇上に表彰状を取りに行くのは、監修の役目とクラスの総意がなされ――。

なんと俺が代表として取りに行かされた。全校生徒の視線に晒《さら》され、俺の陰キャメンタルは悲鳴を上げる――ということがありつつ。

「…………」

それから種々の表彰が終わり、グラウンドで生徒会主催のキャンプファイアーが行われる。

これは参加不参加自由だった。

陽キャたちは踊ったり、わいわい文化祭の思い出を語り合ったりするみたいだが——。

キャンプファイアーの意図がわからない俺は、もちろん、昨年までは速攻で帰っていた。

しかし、今年は俺はみらんに誘われて参加していた。

グランドの隅に腰かけ、キャンプファイアーの火や騒ぐ陽キャたちを眺めていると——

隣に腰かけていたみらんが訊ねてきた。

「文化祭楽しかった？」

今回の文化祭を振り返る。

始まりからアクシデントのようなものだらけだったが、心は充実していた。

「うん……みらんのお陰で楽しかったよ」

それもこれも許嫁《いいなずけ》のギャルの心遣いのお陰で——。

感謝を込めて言うと、みらんは嬉《うれ》しそうに微笑んだ。

「これからもっともっと二人で楽しいことしようね！」

「ありがとう……」

こんなこと、今までの俺だったらあり得なかったと思う。

「俺も、みらんを楽しませられるように頑張るよ」

そう心に決めながら言うと、みらんが少し照れながら言ってきた。

「ねぇねぇ、一つお願いごとしていい？」

「う、うん！　なんでも言って」

俺の叶《かな》えられることならなんでもやってあげようと思えた。

こくこくと頷《うなず》く俺に、みらんが少しもじもじとする。

「えっとね……」

なんだろう……。

またネッコトックを一緒に撮るとか？

そんなことをふわふわ考えていると、みらんが意を決したように告げてきた。

「ちょっと目閉じてほしいの」

「う、うん……？」

言われた通り、目をつむる。

「……開けないでね」

念を押されて、俺は頷く。

一体なんだろう……。

瞼《まぶた》の暗闇を見つめていると――。

「――――!?」

ふと――ふわっとみらんの髪の香りが鼻腔《びこう》をくすぐったかと思えば、唇に柔らかな感触がした。

今まで感じたことがない感触に、脳が理解するのに相当のラグを発生させる。

「みらん……もしかして……!?」

ようやく理解が追い付いてくる俺の心臓が激しく爆音を発し始める。

目を開けると――みらんが顔を真っ赤にしていた。

「キス……しちゃったね」

照れながら告げてくる許嫁のギャルに、俺は興奮とかドキドキを通り越して意識が遠のいた。

必死に頭を落ち着かせる俺に、みらんが言った。

「旅行の時に、花子《はなこ》と阿月《あづき》が修二にキスの話をしたって言ってて……それからずっと意識しちゃって……」

そう呟《つぶや》くみらんは、はにかみながら謝ってきた。

「いきなりしちゃってごめんね」

「い、いやいや、俺も実はずっと意識しちゃってて……！」

そう慌てて言う俺は、許嫁の女の子を見つめてお礼を言った。

「キ、キスしてくれて、ありがとう……」

言葉を口にすると、本当にキスをしたんだという実感が湧いてきて、挙動不審になってしまう。

その俺にくすくすと笑うみらんは、立ち上がると手を差し出してきた。

「ねぇ、一緒に踊りに行こー」

「踊り……なんか恥ずかしいな……どうやって踊ればいいんだろう」

「その場に合わせて適当に身体《からだ》を動かしたらいいよー」

みらんに手を引かれ立ち上がる俺は、轟轟《ごうごう》と燃えるキャンプファイアーの近くまで行く。

凄《すご》い熱気だ……。

今まで遠くからしか見てなかったので驚いてしまう。

圧倒される俺だったが、みらんに手を引かれて踊り始める――。

ぎこちない踊りを披露することになったが、陽キャたちがいつも楽しそうに踊る理由がわかった気がした。

文化祭が終わってからの学校は火が消えたようにとても静かだった。

普段騒がしい陽キャたちも燃え尽きたように大人しくなっていた。まあ、今までの経験からすると、数日でまた陽キャスピリットが回復して騒がしくなるとは思うけれど。

しばらくは、静かな教室での寝たふりがはかどる——と思っていた俺だったが、予想外のことが起こっていた。

「おはよう！」「おっはー」「あ、おはようー」「永沢《えいざわ》くん、おはよう！」「うぃっすー」

これ全部俺への挨拶である。

いつも気配を消して誰にも見咎《みとが》められることなく席に着くのが俺の陰キャルーティンであるのだが、教室に入った瞬間、めっちゃ挨拶されるようになったのだ。

しかも、女子から！

男子からもちらほら挨拶されるようになったが、圧倒的に女子の方が多かった。

おそらく、文化祭で俺がメイド喫茶の監修をやったからだとは予想できる。

しかし、万年陰キャボッチだった俺からすると、あまりの変化に異世界に迷い込んだような気がして、朝からずっと挙動不審になった。

挨拶してくる女子たちにテンパりながら挨拶を返していると、登校してきた花子さんと阿月さんがニヤニヤ笑ってきた。

「うわっ！　彼ピ、モテてんじゃんw」

「浮気現場かな!?　みらん、嫉妬するんじゃない？w」

ギャル二人にからかわれるように言われて、俺は血相を変えた。

「いやこれは、ただ挨拶を返してただけで！　浮気とかそんなんじゃ――――！」

あわあわしていると、聞き慣れた明るい声が響いてきた。

「おはよう――！」

許嫁のギャルが爽やかに教室に入ってくる。

確かに、いつもと比べると俺の周りの女子比率が多い。ギャル友が言ったように、浮気とかと思われたらどうしよう……！

慌てる俺だったが、みらんは嬉しそうな笑みを浮かべた。

「修二《しゆうじ》、おはよう……！　みんなと仲良くなったんだね！」

その許嫁の表情と言葉に、全くの杞憂《きゆう》だったと感じる。

「お、おはよう、みらん……！　みんな、俺の反応を面白がっているだけだよ」

少しホッとしながら自虐風に挨拶を返す俺の近くで、花子さんと阿月さんがけたけた笑っていた。

「彼ピ、ガチで焦っててウケたw」

「みらんと許嫁だってみんな知ってるし、手を出されるわけないからw」

全くいい性格をしたギャル二人だ。

恨みを込めた視線を送っていると、みらんがウキウキとした顔で俺に質問してきた。

「そういえばさ、修二、いつ行く？」

「いつ行く……？」

指し示す言葉が省略されていて、首を傾《かし》げてしまう。

俺、みらんと何か約束していたっけ……？

冷や汗をかきながら必死に記憶を辿《たど》っていると、みらんが言葉を付け加えてきた。

「ほら、映画だよ！」

「え、ああ！　映画！」

それで俺はようやく思い出した。

夏休みの時に、アニメの映画を観《み》に行こうと話をしたっけ。文化祭の準備が忙しくてすっかり忘れていた。

「今度の休み、とか……？」

「おっけー！」

俺の提案にみらんは笑顔で頷いてくる。

そういえばデート自体、文化祭の準備に入ってからしばらく行けなかった。メイド喫茶には行ったけれど……！

そう思うと俺も今からわくわくしてくる。

それに――後夜祭での出来事。

まだ鮮明に覚えている。みらんの唇の感触を思い出すと、心臓が激しく高鳴った。

「…………」

俺とみらんの関係は誰にも邪魔できないぐらい深まったと感じていた。

＊＊

休日が訪れる――。

俺はいつもの待ち合わせ場所で、みらんを待っていた。

今日は映画館デート。

「…………」

久しぶりのデートなので楽しみではあるが、ただ、観るのがオリジナルアニメの映画なので若干不安だった。

内容や評判に関しては、ネットですでにある程度予習はしていたが、もう一度、今日の映画のことを調べる。

「………」

絵は綺麗《きれい》だが、なんとなく小難しそうな内容だったのでギャルに理解されるか謎だった。

内容の説明を求められた時のために、すらすら語れるようにしておきたい。

「お待たせ、修二ー！」

公式サイトの情報を確認していると、オシャレな私服に身を包んだみらんが元気にやってきた。

ふと――後夜祭でしてくれたキスのことを思い出してしまう俺は、急いで首を振って自分を落ち着かせる。最近、油断するとそれで頭がいっぱいになってしまう自分がいた。

「じゃあ……さっそく行こうか……！」

「うん！」

みらんと一緒に映画館へ向かおうとした時だった。

「――――？」

陰キャアンテナが強い視線を察知する。

しかもそれは俺に向けられているような感じで、視線の主を捜すが人が多くて見つけられなかった。

ただ、どこかで感じたことのある視線のような気がした。

「どうしたの？」

みらんは特に視線を感じてはいないようで、首を傾げてくる。

「いや……」

周りをキョロキョロとする俺だったが、最終的には気のせいだと割り切り、そのまま映画館へ向かった。


映画のチケットを購入した俺たちは入場までの間、映画のグッズや、ポップコーンや飲み物を見て回っていた。

「あたし、お手洗い行ってくるね」

「うん……！　俺、グッズのところにいるから」

みらんを見送り、グッズコーナーで今から観るアニメのグッズを眺めている時だった。

「あのぉ、すみませーん」

女の子のふわっとした声が耳に入ってくる。

なんか凄くアニメっぽい声だなぁ……。

内心で思いながらグッズを眺め続けていると、また同じ声が聞こえてきた。

「あのぉ、すみませーん！」

誰を呼んでるんだろうと思いながら振り返ると——明るい色の髪をポニーテールに結んだ女の子が俺を上目遣いで見上げていた。

「え、俺……!?」

「はいっ！」

普段、外で人に声をかけられることがないのでテンパってしまう。

異性ならなおさらだ。

「な、ななんですか……？」

挙動不審になりながら訊《たず》ねる。

女の子は、見たところ高校生ぐらいで可愛《かわい》い系の整った顔だった。

ただ——その女の子はどこかで見覚えがある気がした。

「…………」

なんか最近見たことがあるというか……どこだっけな……。

記憶を辿る俺は、少ししてハッとした。

「あ――!」

文化祭の時にお店に来たネッコトックの女の子だ……!

それを思い出すと、俺の中で少し冷静さが戻ってくる。

ただ、女の子の方は俺のことを覚えていないようで――。まあ、あの時は執事姿だったし――よそよそしく上目遣いでチラシを見せてきた。

「道に迷ってしまってぇ……ここに行きたいんですけどぉ、わかりますかぁ?」

「道、ですか……えっと……」

見せてきたのは服屋さんのチラシで、そこに書かれている住所を見る俺はスマホで調べる。

ネッコトックをやっているなら、簡単にマップとか調べられそうだけどな……。

少し訝《いぶか》しく思いながらも、検索が終わり、マップにお店の位置が表示される。俺は外の道を指差しながら答えた。

「そこなら……その道を左に曲がると看板が見えると思いますよ……」

道を伝えると、ポニーテールの女の子は歓声を上げた。

「うわぁ、ありがとうございますぅ!　すごいですぅ!」

「――!?」

そんな喜びます……!?

女の子はそのまま上目遣いで超至近距離に近づいてくるので、俺は慌てて身体《からだ》を逸《そ》らして後ずさる。しかし、女の子は構うことなくさらに距離を詰めてきた。

「あ、あの……!?」

な、なななんか、近すぎない!?

陽キャのパーソナルスペースは近いって聞くけど、これぐらいの距離感が基本なのか!?

戦々恐々としていると、女の子が俺に訊ねてきた。

「あのぉ、あなたのお名前教えてもらってもいいですかぁ?」

「な、名前……?」

教えていいものなのか迷う。

俺はこの子がネッコトッカーだとは知ってはいるけれど、それ以外は全然知らない人なわけで……!

しかし、さらに女の子にぐっと距離を詰められて俺はテンパって答えてしまった。

「え、えっと……永沢《えいざわ》修二、ですけど……!」

「永沢修二さん! いいお名前ですねっ!」

「そ、そう、ですかね……?」

ダメだ……！　今の状況に俺のコミュ力が悲鳴を上げている！

ネッコトッカーのコミュニケーション、半端ないって！

「修二《しゆうじ》さんはぁ、今日は何の映画を観に来たんですかぁ？」

「え、えっと……アニメのやつで……」

「アニメ――」

ほんの一瞬、女の子が眉根を寄せた気がした。しかし、すぐに感心したように言ってきた。

「それ、私も観たいと思ってたやつなんですよぉ」

「は、はぁ……そ、そうなんですか……」

これ、どうやったら話が終わるんだ……!?

どんどん話しかけてくる女の子の対応に困っていると、許嫁《いいなずけ》のギャルが帰ってきた。

「修二、お待たせー？」

「み、みらん……！」

天の救いだと振り向くが、俺ははたと気付く。

今の俺の状況、女の子に言い寄られてデレデレしているように見られないか？

俺の状況を見て、みらんはきょとんとしていた。

「何してるの？」

「い、いやその！　道を訊《き》かれて――！」

俺にガン詰めしていた女の子が、満面の笑みでみらんに振り返って挨拶した。

「こんにちはぁ」

「こんにちは？」

状況を摑《つか》めてない感じのみらんが、首を傾《かし》げながら挨拶を返す。

ポニーテールの女の子はそれから少しの間みらんを見続けたかと思うと、俺に振り返ってきた。

「修二さん、映画楽しんでくださいね♪」

女の子はニコリと笑うとそのまま去っていった。

「…………？」

あの子は一体なんだったんだ……？

いろんな意味で俺には衝撃的で、嵐が去ったような気分になった。

「修二、あの子、知り合い？」

浮かない顔をするみらんが、訊ねてくるので俺は慌てて言った。

「いや、全然――！」

それから事情を説明するが、みらんのテンションは少し低かった。

そんな状況で観《み》た映画だけれど――アニメは予想していたよりも面白かった。

「………」

面白かったのに……映画の後は、あまり話は弾まなかった。

＊＊

映画の帰り道――。

みらんを駅まで送る道中、気まずさというか、どこか後味の悪さを俺は感じていた。

会話はするが、なんだかいつもみたいには弾んでくれなくて――。

これは、俺が女の子に上手《うま》く対応できなかったせいだ……。誤解はされてはいないが、変な感じになってしまい、みらんのテンションを下げてしまった。

「………」

このままじゃいけない……！

どうしたらいいんだと頭を悩ませ続けた俺は、許嫁との別れ際に提案した。

「明日の放課後さ……よかったら、みらんの好きなパンケーキ屋さん行かない？」

「パンケーキ屋さん？」

その時の俺は、一体どんな顔をしていたんだろうか……。

振り返ってくるみらんは、俺の顔を見てくすくすと笑ってきた。

「いいよー！　明日も楽しみだね！」

「じゃあ、また明日……！」

許嫁のテンションが戻ったことに俺はホッとする。

みらんを駅の改札まで見送り、帰宅しようとした時だった。

「――――？」

また、どこからか誰かに見られていた気がした。しかし、駅周辺は人が多くて、視線の発信源を見つけられない。

自意識過剰になっているだけか……？

俺は、自分の陰キャアンテナに首を傾げたのだった。

翌日の学校の放課後――。

約束通り、俺はみらんと一緒にパンケーキ屋さんへ向かっていた。

「楽しみだねー！」

みらんはすっかりいつものテンションに戻っており、とてもルンルンで――。

その許嫁の姿を見ているだけで、俺も心が弾む。

そうして、もうすぐお店が見えてくる時だった。

「――――?」

ふと、また陰キャアンテナが視線を感じ取った瞬間――。

「あのぉーすみません！」

背後から、そんなふわふわとした声が掛けられた。

「……!?」

聞き覚えのある声にハッとする。

振り返ると、そこにはまさに見覚えのあるネッコトッカー……ポニーテールの女の子が立っていた。今日は制服姿だった。

「え……君は……」

また会うとは思っていなかったので、内心で驚く。隣のみらんもきょとんとしていた。

「あ！　やっぱり修二さんでした！」

笑顔を浮かべる女の子は、唖然《あぜん》とする俺に駆け寄ってこようとするが――みらんが一歩前に出て立ちはだかった。

「修二に何か用？」

「えぇ、こわーい！　睨《にら》まないでください！」

「別に睨んでないけど……」

「私はただぁ、道を教えてくれた修二さんにお礼を言いたかっただけなんです」

そう言う女の子は、上目遣いで俺を見てきた。

「昨日はありがとうございましたぁ」

「………」

なんとも反応し難く、俺は無言を選択する。

ポニーテールの女の子はそれからみらんをしげしげと見つめると、小首を傾げながら俺に訊《たず》ねてきた。

「その方って、もしかして……修二さんの彼女さんなんですかぁ？」

この質問に対しては、無言を選択するわけにはいかず俺は口を開いた。

「そうです……俺の彼女です」

我ながらはっきりと言えたと思う。

胸を張る俺に、しかし、女の子は信じられないといった顔をした。

「えぇー！　修二さんのような方が、まさかギャルと付き合っているとは思わなかったですぅ！」

「――――!?」

思わぬ言葉に、俺の脳の処理が遅れる。

俺が揶揄《やゆ》されることは今まで多々あった。

しかし、みらんの方に何か言われるのは初めてで――しかも相手は女子。

俺は、なんて言葉を返せばいいのか浮かばない……！

「何か文句あるの？」

その俺の前でみらんが訊き返すと、女の子は怖がるように身を縮めた。

「やっぱりギャルってこわーい！　すごく睨んでくる！」

「――――」

みらんが珍しく言葉を失っていた。

な、なんだこの状況は……!?

流れる不穏な空気に、俺は激しく焦る。

「…………」

俺はどうしたらいいんだ……!?　何をするのが正解なんだ!?

というか、これは俺が原因で起こっているのか？

目の前の状況に混乱していると、女の子が俺に笑みを見せてきた。

「彼女さんが怖いので……私はここで帰ります。修二さん、また会いましょう♪」

また会いましょう……!?

ポニーテールの女の子は、そんなことを言い残して帰っていった。

「何あの子……」

みらんの呟《つぶや》きが聞こえてくる。許嫁のギャルは怒るというよりも、落ち込んでいる感じだった。

俺は誤解されないように真剣に言う。

「みらん、俺はマジであの子とは何もないからね……!」

「うん、わかってる……」

頷《うなず》くみらんだが、表情は暗かった。

一応、この後パンケーキ屋さんには行ったが、お互い食べる雰囲気ではなくて、ドリンクだけ頼んで終わった。

**

ネッコトッカーの女の子……あの子は一体なんなんだ……？

みらんを見送り、帰宅してから俺は考えていた。

俺に気があるとか、そういうことなのか……？　いやでも接点なんてほとんどない。文化祭の時は俺とは認識されてないだろうし、実質、昨日会話しただけだ。

あの女の子の目的はわからないが――。

「俺の対応、よくなかったな……」

昨日を含め、自分の態度を振り返る俺は、猛省していた。

女子から言い寄られる経験がなくて、昨日は、されるがままになってしまった。

そして今日は、混乱して思考が止まってしまい、みらんに対して何のフォローもすることができなかった。

「………」

異性が相手といえども、俺がちゃんとその場その場で毅然《きぜん》と対応できていれば、みらんをあんなに落ち込ませることはなかったかもしれない。

反省する俺は、スマホを取り出す。

フローリングに正座する俺は、身を引き締める想《おも》いでみらんに反省のメッセージを綴《つづ》った。

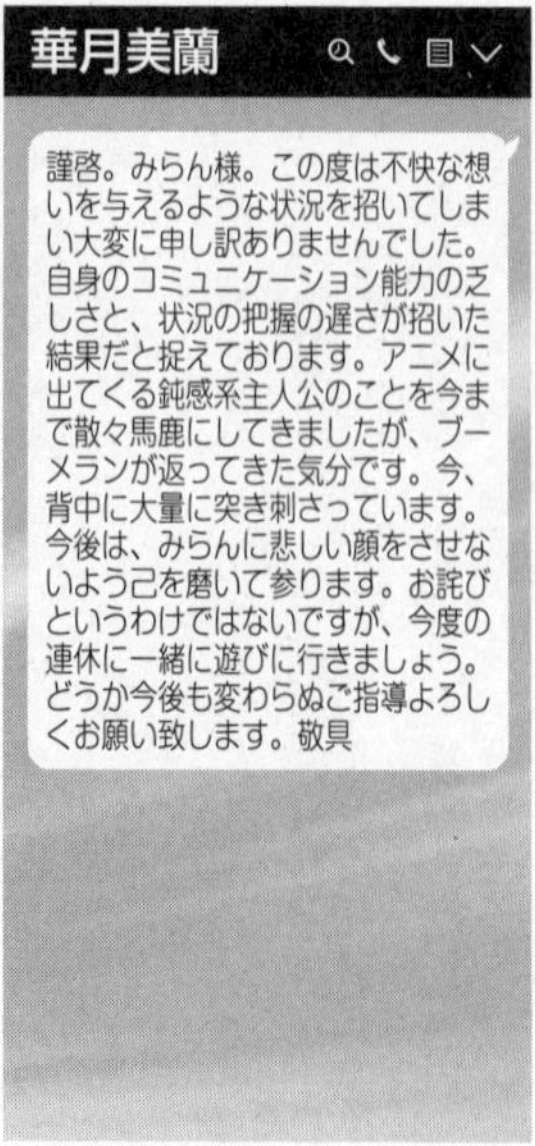
華月美蘭
謹啓。みらん様。この度は不快な想いを与えるような状況を招いてしまい大変に申し訳ありませんでした。自身のコミュニケーション能力の乏しさと、状況の把握の遅さが招いた結果だと捉えております。アニメに出てくる鈍感系主人公のことを今まで散々馬鹿にしてきましたが、ブーメランが返ってきた気分です。今、背中に大量に突き刺さっています。今後は、みらんに悲しい顔をさせないよう己を磨いて参ります。お詫びというわけではないですが、今度の連休に一緒に遊びに行きましょう。どうか今後も変わらぬご指導よろしくお願い致します。敬具

これで俺の反省は伝わるだろうか……。

みらんの落ち込んだ顔を思い返す俺は、正座したまま自分の反省文を読み直す。

「――――!」

そうしていると、既読が付いた。

いつものデートの誘いなどとは違い、既読の緊張が違う。

「みらん……!」

背筋を正しながら画面を見つめていると――みらんからメッセージが送られてきた。

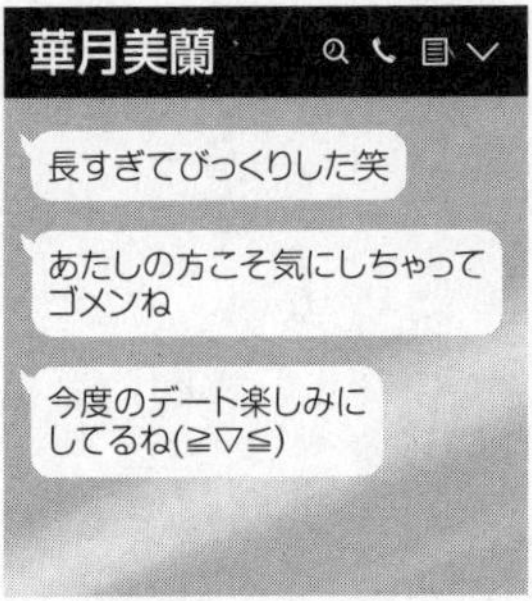
華月美蘭
長すぎてびっくりした笑
あたしの方こそ気にしちゃって
ゴメンね
今度のデート楽しみに
してるね(≧▽≦)

「よかった……」

メッセージを見る俺は、安堵《あんど》する。

いつものみらんのメッセージだ。

「これからは、みらんを悲しませないようにしないと……」

許嫁《いいなずけ》のためにも、これからは相手が女子でも、毅然とした態度を取ろうと心に決める。

気合を込めて立ち上がろうとしたが――足が痺《しび》れてしばらく動けなかった。

＊＊

そんな数日後のこと──。

学校の放課後。

みらんを駅まで見送り、一人、帰路についている時だった。

「あれぇ、もしかしてぇ、修二《しゅうじ》さんですかぁ!?」

そんなふわっとした声が聞こえ、ハッと振り返った俺は目を疑う。

件《くだん》のネッコトッカー、ポニーテールの女の子だった。

「き、君は……!?」

まさか帰り道で遭遇するとは思わず、動転してしまう。

「また会えるなんて、なんだか運命ですね……！」

そう照れたように言って笑う女の子。

ついペースに呑《の》まれそうになるが、俺は先日許嫁に送った反省文を思い出す。

しっかりしろ、俺！　毅然とするんだ！

気を引き締める俺に、ポニーテールの女の子は上目遣いで歩み寄ってきた。

「自己紹介、遅くなりましたけどぉ、私、ひかりって言います♪」

ひかり……さん？

身構える俺に、ひかりさんは訊ねてきた。

「修二さんの家って近いんですか？」

俺の家……⁉

思わぬ質問に動揺してしまうが、咳払《せきばら》いをして答えた。

「いや……ふ、普通ですね……」

ぼかす俺に、ひかりさんは上目遣いでにじり寄ってくる。

後ずさる俺に、ひかりさんは照れたようにもじもじと言ってきた。

「行ってみてもいいですかぁ？」

「いやいやいや――」

思わぬ言葉・第二弾に俺は仰天して手を振る。

「それはダメですよ……！　俺の家……めちゃくちゃ汚いし！　それに男子の家にほいほい行くもんじゃないですよ……！」

「誰の家でもいいわけじゃなくて、修二さんの家だから行ってみたいんです」

な、なんでこんなに積極的なんだ……⁉

これが俗にいう肉食系女子なのか!?

「いや、それでもダメです……！　俺には彼女がいるし！」

必死に断る俺に、ひかりさんは「そうしたら」と言ってきた。

「せめて、連絡先交換してくれませんかぁ？」

「連絡先……!?」

家に付いてこられることを考えると、まだ連絡先ぐらいならいいか……？　と考える俺だが、いかんいかんと首を振った。

「ごめん、いまスマホ壊れてまして……！」

俺は知っている。

この言葉は、女子が連絡先を訊《き》かれて断る時によく使うセリフだ。まさか陰キャの俺がこのセリフを使うことになるとは思わなかった。

「ふーん……」

不貞腐《ふてくさ》れるような顔をするひかりさん。

ほんの少しピリッとした空気が流れた気がしたが、ひかりさんは上目遣いで残念がるような表情を浮かべた。

「そうなんですねぇ。スマホ使えないのは、めちゃくちゃ不便ですねぇ」

「そ、そうなんですよ……」

頭を掻《か》いて頷く。

その俺にひかりさんは、にこっと笑った。

「じゃあ、直ったら教えてくださいね♪」

「は、はい……」

壊れたと言った手前、そう言われると頷くしかない。

ぎこちなく返事する俺に、ひかりさんは会釈してほほ笑んだ。

「じゃあ、私は帰ります♪」

「は、はい……」

踵《きびす》を返して歩いていくひかりさん。

揺れるポニーテルが見えなくなるまで見送った俺は、ひとまず胸を撫《な》で下ろす。

俺は毅然とした対応をすることができただろうか……。

「…………」

まあ、ギリギリ及第点だろうか。

自分の行動を振り返る俺は——一応、後を付けられてないか何度も確認しつつ早足で家に帰る。

しかし、この分だとまたどこかで遭遇しそうな気がするな……。

その時はその時で、またしっかりと毅然とした態度で接すればいいと思うけれど……。

「一体どういうつもりなんだろう……？」

俺には彼女がいるってわかっているのに……どうしてあんなに迫ってくるんだろうか？

ひかりさんの意図が測り兼ねた。

しかし、それから数日後――決定的なことが起こった。

＊＊

それは、またも学校からの帰宅途中のことだった。

「修二さん――！」

聞き覚えがある声に呼び止められた。

ハッと振り返ると、ポニーテール女子のひかりさんだった。

「な、なんですか……!?」

キョドりながら訊《たず》ねる。

ひかりさんはバッグからカラフルな封筒を取り出すと、俺に近づいてきた。

「あのぉ！　これ読んでください！」

「え、ちょ、ちょっと待って――」

得体が知れず断ろうとする俺だが、ひかりさんから押し付けられるように封筒を渡されてしまう。

慌てて返そうとしたが――。

「絶対読んでくださいね！」

そうひかりさんは言い残して、恥ずかしそうに走り去っていった。

「な、なんだ……!?」

突然のことに呆《ほう》けてしまう。

それからしばらくして、ようやく俺は手渡された封筒を見る。

「――――!?」

そこには『修二さんへ』という可愛《かわい》い文字と、ハートのシールが貼られていた。

それを見た俺の脳裏にある言葉が浮かんでくる。

「ここ、ここれは!?　ま、ままさか……！」

動揺する俺は、震えながら封筒から手紙を取り出す。

おそるおそる手紙を開くと、こう書かれていた。

『修二さんへ。

道を教えてくれて、ありがとうございました。

困っていた私を助けてくれた修二さんはとてもカッコよかったです！

あの日から修二さんの姿が忘れられません。

修二さんに改めて直接伝えたい気持ちがあります！

明日の夕方、公園で待っています。

来るまでずっとずっと待っています』

これはまさしく――。

「ラブレター!? お、俺が貰《もら》う日が来るなんて……！」

信じられない気持ちで、手が震える。

ただ――。

「気持ちはありがたいけど……」

困るという想《おも》いの方が上だった。

俺には許嫁《いいなずけ》のみらんがいる……。

それは、ひかりさんも十分にわかっているはずだ。

「これは……どうしたらいいだろうか……」

無視するか、どうするべきか――。

申し訳ない気持ちで手紙を見る俺は悩む。

「来るまでずっと待ってる、か……」

ただ、勇気を出して手紙を渡してくれたと思うと無下にはできず……。

しばらく考えた末――。

俺は正直に許嫁のみらんに相談することにした。

＊＊

翌日の夕方――。

手紙に書かれていた通り、公園へ行くとひかりさんがベンチに座っていた。

「うわぁ嬉《うれ》しいです！　来てくれたんですね！」

俺の姿を見つけたひかりさんが駆け寄ってくる。

「昨日は……手紙ありがとうございます。あの……それで」

緊張して頭を掻く俺に、ひかりさんが上目遣いでストレートに言ってきた。

「私、修二《しゅうじ》さんのこと好きになっちゃいました」

言われなれない言葉──。

ついドキッとしてしまうが、俺は頭を下げた。

「……ごめんなさい。知ってると思うけど、俺には彼女がいるので」

そう断る俺に、ひかりさんはどこか同情するような表情を浮かべた。

「学校の知り合いから聞いたんですけど……今の彼女さんって親が勝手に決めた許嫁なんですよねぇ？」

「始まりは……そうですね」

頷《うなず》く俺に、ひかりさんはさらに同情するように言う。

「やっぱり……なんだか似合ってないなって見た時に感じたんです。許嫁だから相性が悪くても簡単には別れられないですもんね」

その言葉が引っ掛かる。

　俺が口を開く前にひかりさんは上目遣いで、前のめりになりながら言ってきた。

「なので、彼女がいるままでも大丈夫です。私、修二さんと付き合いたいです……！　私の方があなたに合うと思います」

　その言葉を受ける俺は、はっきりと答えた。

「俺は許嫁とか関係なく、彼女のことが――みらんのことが大好きなんです。だから、他の人と付き合うなんて考えられません」

　俺とみらんが嫌々付き合っていると思われていることに、少しムッとしていた。

　言い切った俺は、「それに」と、ひかりさんを心配して言う。

「彼女がいるままでも大丈夫って……もっと自分を大事にした方がいいですよ」

「…………」

　俺の言葉に、ひかりさんはぽかんとしていた。

　しばらく無言の空間が続く――。

　その中、ひかりさんが大きなため息を吐《つ》いたかと思うと、突然髪をぐしゃぐしゃと掻き始めた。

「は？　どういうこと!?　なんで私の告白断るのよ？」

「へ？」

「なんで私のアプローチが効かないのよ！」

「あ、あの……？」

なんかめっちゃ雰囲気、変わったんですけど!?

な、なんだ……!?

「男の子ってこういう、きゃわわ☆ていうタイプで積極的な子が好きなんじゃないの？

特にオタクには効果絶大なはずよ！　ちゃんと調べたのよ!?」

「えっと……好きな人もいるだろうけど、俺は別に……」

なんならちょっと怖かったし……。

「なんなの!?　映画館の時は、すっごくデレデレしてたじゃない!?」

「いやあの時は、人に近づかれて焦ってたというか……キョドってたというか」

「はぁ？　というか、あんた視線に敏感すぎじゃない!?　いつも振り向いてくるじゃない」

と、感情的になったひかりさんにいろいろ詰め寄られていると――。

「やっぱりあなただったのね、ひかり」

許嫁のギャルが姿を現した。

それにひかりさんは驚いた顔をした。

「え？　なんであなたがいるの!?」

「修二から今日のこと聞いていたの」

みらんに説明した俺は、告白を断る姿を見ていてもらった方が、心配させずに済むと思って来てもらっていた。

「出てくるつもりはなかったけど……ひかり、あなたが相手なら話が変わるわ」

お互い知っている様子で、俺は事態の変化にさらに困惑する。

「二人は知り合いだったの？」

「見た目が違いすぎてて全然気付かなかったけど……彼女は宮暗《みやくら》ひかり。中学の時の同級生。ほら、中学の卒アルを見た時に話した、よく突っかかってきた子」

「あ……」

夏休みにみらんの家で一緒に見たアルバムを思い出す。

顔は整っているけれど、地味で印象に残らなかった女生徒──。

うろ覚えだが、だいぶ今と見た目が違う気がした。

「それで、これはどういうつもり？」

ひかりさんに向き直るみらんは、問い質《ただ》す。

真剣な表情を浮かべるみらんに、ひかりさんはムスッとした顔で言った。

「……目を覚まさせようと思ったのよ」

「目を覚まさせる？　どういうこと？」

「悔しいけど、私はね……みらん、あなたにずっと憧れてたのよ」

そう口にするひかりさんは、すねるように続けた。

「高校デビューして見返してやろうとしたのに、志望校は急に変えちゃうし……それに、みらんに彼氏ができたって聞いて、どんな男かと思えば陰キャのオタクじゃない。夏に見かけた時はびっくりしたわ！　しかも親が決めた許嫁——」

ひかりさんは俺とみらんを見てため息を吐く。

「私が奪っちゃえば、もっと相応《ふさわ》しい相手がいるってみらんは気付くと思って、アプローチをかけたのよ」

ひかりさんの言葉——。

俺はそれを聞いて今までのひかりさんの行動に合点がいった気がした。

みらんを同情するように見るひかりさんは、投げかけるように言った。

「親に決められた許嫁なんでしょ？　もっといい人がいると思うわ！」

「ひかり、勘違いしてるみたいだけど……」

ひかりさんの言葉に被せるようにみらんが口を開く。

話を聞いていた、みらんは、少し怒りを秘めた瞳で語った。

「修二との許嫁の話を進めて欲しいって親に言ったの、あたしなのよ」

「え……!?」

驚いた表情を浮かべるひかりさん。

俺もバーベキューの時に知ったその話に少し胸が熱くなる。

「修二と出会ったのは小さい頃の親同士の旅行だったかな。学校は違ってたけど、ずっと好きだったの」

そう話すみらんは、さらに告げた。

「高校の志望校を変えたのも、修二と同じ学校に通いたかったから」

「…………⁉」

そうだったの……⁉

俺も初耳の情報に衝撃を受ける。

みらんの家に行った時に学校の遠さを感じて抱いた疑問の答え……。

俺のために今の高校に決めてくれたのか……。

みらんは、照れるように俺を見てから、ひかりさんに断言した。

「許嫁とか関係なく、あたしは修二のことが大好きなの」

その言葉で熱い思いが溢《あふ》れてくる俺は、みらんの手を取った。

「みらん……俺も大好きだよ」

「修二……」

しばらく許嫁と見つめ合う。つい状況を忘れて二人の世界に入ってしまう。

そうしていると、ひかりさんは小さく嘆息した。

「何よそれ……」

そう呟くひかりさんは、がっくりと肩を下げた。

「私、無駄なことやってたみたいね……。ごめんね、邪魔して」

その場から去ろうとするひかりさんを、俺は呼び止めた。

「待ってください、ひかりさん……！　今回のって、つまりは……みらんのことを想《おも》ってやってくれたんですよね」

足を止めるひかりさんに、俺はお礼を言った。

「ありがとうございます……！　俺、陰キャだしオタクだしコミュ症だけど……みらんに相応しい男になれるように頑張りますから」

決意するように言う。

行動はどうあれ、俺の許嫁のことを考えて動いてくれたことは有り難いと思った。

しばらく黙っていたひかりさんは、バッと振り返ったかと思うと――当初のぶりっ子口調で謝ってきた。

「……相応しくないっていうのは言いすぎでしたぁ。ごめんなさいっ！　みらんも、ごめんね！♪」

「そのキャラまだやるんですね……」

お互い思うところがあったようで……それからみらんと、ひかりさんはしばらく中学時代の話や、今の話をし始める。俺は邪魔にならないように離れたところへ移動した。

気付けば、中学の時のわだかまりが少し解消したみたいで――。

最終的には連絡先を交換していた。

＊＊

今日は休日――。

みらんとのデートの日だった。

今日の俺は髪を整えてきていた。気合を入れてやりたいことが一つあった。

「修二ー！　お待たせ」

「みらん——!?」

いつもの待ち合わせ場所で待っていると、みらんがやってくるのだが——。

見ると、もう一人別の人がいた。

「え、ひ、ひかりさん……!? なんで、ここに……?」

ひかりさんがみらんに付いてきていた。

「修二《しゆうじ》に改めて謝りたいんだってさ」

そうみらんが言うと、ひかりさんが俺に近づいてくるのだが——目を丸くしていた。

「あなたメイド喫茶の時の執事!?」

「は、はい……」

「そんな恰好《かっこう》できるなら最初からやっておきなさいよ!」

なんか怒られた。

しかしこれは限られた時間しか戦えないスーパーヒーローのようなもので、俺もこの気合モードには制限があるんだ……。

苦笑する俺をしげしげと見つめていたひかりさんは、改めて頭を下げてきた。

「この前は、すみませんでした。いろいろと決めつけちゃって——」

「いや、そんな、気にしてないので」

慌てて手を振る。

その俺に、ひかりさんが質問してきた。

「私は二人の邪魔をしたくないのですぐに帰りますけど……ちなみにぃ、今日はどういうデートプランなんですか？」

「こ、こんな感じかな」

プランを練って紙に書いていたので、取り出して見せる。

「うわぁ……すごく個性的ですね！　もっとよく見せてください」

大げさに言って紙を覗《のぞ》き込むひかりさん。

ふと眉根を寄せたかと思うと、素の口調で俺にだけ聞こえる声で言ってきた。

「ちょっと、なにこれ、マニュアルすぎるでしょ！　インターネットから拾ってきたの!?」

参考にしているのは間違いないので、反論できない……！

「みらんが可哀《かわい》そうよ。みらんに相応しい男になるんでしょ？」

「す、すみません……！」

謝る俺に、ひかりさんは息を吐くと言ってきた。

「まあ、そんなことだと思って――」

ぶりっ子口調に切り替わるひかりさんは、可愛《かわい》いメモを取り出すと、みらんにも聞こえる声で言った。

「おすすめのお店、いくつかリストアップしているので、よかったら二人で行ってみてねっ！」

　俺にメモを渡すひかりさん。

「デート楽しんでね」

　そうみらんに挨拶すると、ひかりさんは帰っていった。

「凄《すご》い……！」

　メモを見ると、俺が思い付かないお店や場所が書かれていて――。

「みらんに相応しい男、か」

　許嫁《いいなずけ》のみらんを楽しませられる男……相応しい男になるのは、まだまだ険しい道だと感じた。

ひかりさんに紹介された場所を巡った俺とみらんは、寄り道で公園にやってきていた。


「風が気持ちいいね！」

「そうだね……」

ここは初デートの時に訪れて、膝枕された公園で――。

ひかりさんのプランはとても良くて、俺はまだまだ勉強不足だなと夕焼けに染まる空を見ながら痛感する。

「ひかりの教えてくれたところもよかったけど……」

俺の表情を読み取ってか、みらんが言ってきた。

「修二がいつも考えてくれているところもあたし好きだよ」

「ありがとう……」

みらんの言葉が身にしみる……。

改めて感じる。

いつも俺はみらんに引っ張ってもらって、フォローされてばかりだな……。

許嫁に振り返る俺は、改めて覚悟を決めて言った。

「後夜祭の時にも言ったけど……俺、もっとみらんに喜んでもらえるように頑張るよ」

俺の言葉にくすぐったそうに笑うみらん。

その許嫁に向き直る俺は、緊張から言い淀《よど》みながら口にする。

「その誓いを込めて……な、なんだけど……」

俺はそのために今日気合を入れてきていた。

許嫁の女の子に『誓い』をするため――。

「誓い？」

みらんが首を傾《かし》げてくる。

俺はさらに言い淀みながら、みらんに言った。

「みらん、その、お願いがあって……」

「お願い……？」

「目を……閉じてくれないかな」

その俺の言葉に、みらんは一瞬ハッとした。

今から何をするのかわかった様子だったが――。

「うん……」

みらんは静かに頷《うなず》いて目を閉じてくれる。

俺の心臓の音がバクバクとどんどん大きくなる。

「………」

目を閉じる許嫁の女の子。

その顔はとても綺麗《きれい》で——。

俺は爆発しそうになる心臓を抑えながら、顔を近づけていく。

後夜祭の時は、みらんからしてくれた。

だから、今度は俺からのキス。

「——」

緊張から一瞬、ヘタレな自分が顔を出してくる。

人に見られているかもしれないから場所変えようかな、とか、また今度でいいかな、とか……いろんなやめようとさせる心が湧いてくる。

しかし、俺はその自分を抑えて——。

「——」

許嫁のその唇に自分の唇を触れさせた。

みらんに相応《ふさわ》しい男になる誓いのキス――。

唇に感じる感覚に心臓が弾け飛びそうになる。

「…………」

でも、みらんも後夜祭の時、同じ想《おも》いだったんじゃないかと考えると、嬉《うれ》しくなった。

顔を離した俺は、許嫁の顔を見て慌てた。

「みらん――!?」

みらんは閉じた目から薄《うっす》ら涙を流していたのだ。

俺のキス、い、嫌だったのかな!?

そうだとしたら、俺は、なんということをしてしまったんだ……!?

「ごめん、みらん！　勝手なことしちゃって！」

「そうじゃないの」

慌てて謝る俺に、みらんは首を振ってくる。

不安に思いながら首を傾げる俺に、みらんは嬉しそうな笑みを浮かべた。

「嬉しくて――ありがとう」

涙が許嫁の頬を伝った。
陰キャの俺でも、それは嬉し涙だと表情を見てすぐにわかる。
目の前にいる許嫁の女の子の姿は夕陽《ゆうひ》に照らされて、どんな宝石よりも美しく見えた。

あとがき

第二巻をお手に取ってくださりありがとうございます！　泉谷一樹《いずみたにかずき》です。

学校生活の中で毎年経験する「夏休み」ですが、皆様はどんな思い出がございますか？

私も今回、改めて今まで経験してきた夏休みの思い出を振り返ったのですが……遊んだり、どこかに出かけたり、「いろんな楽しいことをした」という覚えはあるのですが、記憶的には全体的にぼんやりしている感覚がありました。

逆に、朝のラジオ体操面倒臭かったな……とか、夏休みの宿題を最終日に徹夜してやったな……とか、そういう大変だった思い出の方が今でも鮮明に記憶に蘇《よみがえ》ります。思い出の体感時間としても、遊んでいた時よりも、大変なことをしていた時の方が長い印象がありました。

その当時は大変なことは嫌だったのですが（今も嫌ですが！）……時間が経《た》って振り返ると、楽しいことをしているだけよりも、記憶としてしっかりと残っている分、充実感に変わるなと思いました。

そう考えると……毎回、作品を書くのは大変なのですが、それもいつか振り返った時に充実感に変わっていればいいなと思う今日この頃……（願望）。

また、学校の行事で「文化祭」も毎年経験しますが、こちらも改めて思い出を振り返ってみました。

私の中で一番記憶に残っているのは、高校生の時に個人で出店したベビーカステラのお店の経験です。

文化祭で儲《もう》けてゲームを買うぞ！

というかなり不純な動機で出店の企画したのですが……学校の許可を取ったり、メンバーを集ったり、道具をレンタルして準備したりと、めちゃくちゃ大変でした。

そして、ようやく文化祭当日、実際にお店を稼働させるわけですが……蓋を開けてみたら思っていたよりも全然稼げず、徒労感を覚えたのを今でも鮮明に思い出せます（涙）。

そんな苦々しい挑戦の思い出ではありますが――どの文化祭の記憶よりも強く残っております。

成功や失敗はどうあれ、挑戦したことは、自分の中で永遠に残り続けるのだなと感じます。

「ある日突然、ギャルの許嫁《いいなずけ》ができた」の今作が、少しでも皆様に充実感を与え、記憶に残ればいいなと思って制作しているのですが――。

先ほどの話をまとめると、読むのが大変なぐらい難しく書いて、一ページめくるごとに物凄《ものすご》く挑戦を強いた方がその目的が叶《かな》うのかも……!?（違う）

謎理論でオチをつけようとしたのですが、逆に話が散らかっちゃいました（汗）。

そんな状態ですが、最後に謝辞を。

イラストレーターのなかむら様、キャラクター原案のまめぇ様、素晴らしいイラストをありがとうございます。

粘り強く付き合ってくださった担当の編集者様と、オーバーラップ文庫の編集部の皆様、またこの本が出るまでに協力してくださった皆様に深く感謝申し上げます。

特に、一巻から引き続き、この本を手に取ってくださったあなたに最大の感謝を――。

またお目にかかれることを祈って。

泉谷一樹

ギャルの許嫁2
祝・2巻発売！
おめでとうございます！
よろしくお願いします！

作品のご感想、
ファンレターをお待ちしています

あて先

〒141-0031
東京都品川区西五反田 8-1-5 五反田光和ビル4階
オーバーラップ文庫編集部
「泉谷一樹」先生係／「なかむら」先生係／
「まめぇ」先生係

PC、スマホからWEBアンケートに答えてゲット！

★この書籍で使用しているイラストの『無料壁紙』
★さらに図書カード（1000円分）を毎月10名に抽選でプレゼント！

▶https://over-lap.co.jp/824003119
二次元バーコードまたはURLより本書へのアンケートにご協力ください。
オーバーラップ文庫公式HPのトップページからもアクセスいただけます。
※スマートフォンとPCからのアクセスにのみ対応しております。
※サイトへのアクセスや登録時に発生する通信費等はご負担ください。
※中学生以下の方は保護者の方の了承を得てから回答してください。

オーバーラップ文庫公式 HP ▶ https://over-lap.co.jp/lnv/

OVERLAP

ある日突然、ギャルの許嫁ができた 2

発　　行　2022年10月25日　初版第一刷発行

著　　者　泉谷一樹
発 行 者　永田勝治
発 行 所　株式会社オーバーラップ
〒141-0031　東京都品川区西五反田8-1-5
校正・DTP　株式会社鷗来堂
印刷・製本　大日本印刷株式会社

Printed in Japan　ISBN 978-4-8240-0311-9 C0193

オーバーラップ　カスタマーサポート
電話：03-6219-0850／受付時間 10:00～18:00（土日祝日をのぞく）